KB154253

딱 일 년만
놀겠습니다

딱 일 년만 놀겠습니다

이은재 지음

나무를 심는 사람들

추천사

'나는 어디서 누구와 무엇을 하며 살 때 가장 행복한가?', '내게 있어 평생 추구해야 할 가장 중요한 가치는 무엇인가?' 우리는 이 질문에 답하기 위해 온통 시간을 쏟아부어야 한다. 특히 우리 인생에서 가장 예민하고 열정적인 사춘기 시절에 말이다. 그러나 한줄세우기와 주입식 암기 교육으로 점철된 대한민국 교육 현장에서, 이런 질문에 답하기 위한 방황은 사치이자 호사처럼 여겨진다. 이 책은 그것이 어리석은 생각임을 기성세대와 청소년들에게 '실천'으로 증명한 죽비 같은 기록이다. 세계 여행과 혼자 살기를 통해 나를 찾아 떠나는 '갭 이어Gap Year'의 시간이 저자의 삶을 어떻게 송두리째 바꾸어 놓았는지 보여 준다.

적극적으로 방황하고 나를 찾아 용기 있게 떠나려는 청소년들에게 이 책을 권한다. 아울러 그들을 믿고 그들의 행복을 누구보다 간절히 바라는 부모들에게도 이 책은 든든한 위로가 되리라.

　　　　　　　　　　　　　　　　　　　- **정재승** 뇌과학자, 『과학 콘서트』, 『열두 발자국』 저자

만약 요술 램프의 요정을 만난다면 요정은 나에게 이렇게 물을 것이다. "너의 소원을 말해 줘. 네가 말한 대로 이루어질 거야." 나는 추호도 망설이지 않고 이렇게 대답할 것이다. "램프의 요정이여! 그대가 정녕 힘을 가지고 있다면 나를 다시 열여섯 살로 만들어 줘. 고등학교 진학을 앞두고 비록 성과는 장엄하지 않지만 나름 노력파로 사느라 지친 중학교 3학년 여학생으로 만들어 줘."

내가 이렇게 말하면 틀림없이 요정은 내가 미친 것이 아닌가 바라볼 것이다. 나는 그때 램프의 요정에게 이 책을 척 내밀 것이다.

"나를 은재와 함께 갭 이어를 보내게 해 줘. 딱 일 년만 그냥 나로 살아 보게 해 줘. 그래야 인생에 할 이야기라도 있지. 나중에 꿈이라도 꾸지."

수많은 에세이들이 느릿느릿 살기, 쉬었다 가기, 힐링, 자기 속도로 살기 등을 열심히 설파하고 있다. 그 책들은 대부분 어디론가 떠나고, 여유를 갖고 뭔가에 쫓기지 않고 낯선 사람을 만나고, 자기를 관찰하고 생각할 시간을 갖는 걸로 요약해도 무리는 없을 것이다.

그러나 가장 중요한 것은 '정말로' 다른 기준, 다른 시선으로 자신을 보는 것이다. 그런 일이 생긴다면 어디론가 떠나지 않아도 그 자체가 신비로운 여행이다. 여행 중 최고의 여행, 가장 과감한 여행은 자기 자신이 변하는 여행이고 자기 자신을 만드는 여행이다. 은재는 바로 그 일을 해냈다. 은재의 글이 반짝거리는 이유다. 재미있고 익살스러우면서도 진지한 이유다.

한 소녀가 특별히 어떤 의도 없이 햇빛 아래 활짝 웃고 있는 모습이 우리를 이렇게나 기쁘게 한다. 많은 부모들이 자신의 아이들에게 바라는 것이 바로 이것 아닐까? 이 책을 읽은 많은 아이들과 부모들이 갭 이어에 대해서 진지하게 고려해 보면 좋겠다. 우리는 자기 자신이 누구인지, 장차 누가 될 수 있는지 알 기회를 영영 주지 않고 살아가고 있다. 마지막으로 덧붙이고 싶다. 은재는 꿈을 자신이 언제 행복을 느꼈는지와 관련해서 생각하고 있다. 나에게는 백번 맞는 말로 들린다.

- **정혜윤** CBS 라디오 PD, 『여행, 혹은 여행처럼』, 『뜻밖의 좋은 일』 저자

은재네 가족을 처음 만난 것은 2013년 하반하 여행 학교에서 4기 아이들을 모집할 때였다. 은재 오빠 준이를 중국 소림사에 보내야겠다고 생각하던 은재 아빠가 지인의 소개로 우리 학교를 알게 되었다고 했다. 2018년에 온 은재 역시 준이처럼 첫인상은 다소곳한 모범생이었지만 준이와 달리 빠짝 마른 데다 구부정했고, 화장실을 일주일에 한 번 갈 정도라니 먹는 것도 편치 않아 보였다. 이 아이가 배낭은 멜 수 있을까? 아프지는 않을까? 향수병으로 귀국한다고 하지 않을까? 게다가 엄마는 여행 중 은재가 해야 하는 일에 대한 강박관념을 떨쳤으면 좋겠다고 했다. 왠지 번지수를 잘못 찾은 게 아닐까 하는 불안감까지 들었다. 보통 학교에서는 아이들의 전반적 활동을 점수로 매기지만, 우리 여행 학교는 활동을 돈으로 환산해 주기 때문에 공부에 열의가 없던 아이들도 악착같아지는데 은재가 과연 해내야 하는 일에, 하고 싶은 일에 초연한 여행을 할 수 있을까?

"형님, 공부 못하는 저도 인생이 이렇게 즐거운데, 왜 형님은 매일 사는 게 그렇게 곧 쓰러질 것 같아요?" 하반하 비밀병기의 막내 6학년 세훈이가 은재를 보고 한 말이다. 이동하는 날에는 짐 때문에 전전긍긍했고, 매일 해야 하는 영어 공부에, 과목마다 걸려 있는 리포트에, 각자 주어진 워커 일에 욕심 많은 은재는 슬슬 스트레스를 받기 시작했다. 급기야는 잠자는 시간까지 줄이는 바람에 밥 먹는 것도 힘들어했다.

그래서 은재가 받게 된 특단의 조치가 바로 신데렐라. 자기주장도 강하고, 글마다 녹여 내는 표현도 좋고, 아이디어도 늘 신선하지만, 사는 것 자체가 힘겹다면 앞으로 은재가 잃게 될 것이 너무 많을 것 같기에 대장님이 이런 결정을 내렸다. 이후 은재는 두 달 동안 남들 공부할 때 잠을 자거나 활동을 하고, 조깅이나 수영을 할 때도 남들보다 시간을 더 쓰게 했다. 두 달 뒤 은재 스스로 팔과 다리에 알통이 생겼다고 자랑할 즈음 다시 정상적인 활동으로 복귀할 수 있었다.

은재가 책을 낸다는 소식을 들었다. 당연한 일이라 생각했다. 원래 느끼는 것 많은 사람들이 뭔가를 해내는 법이니까. 특히 6개월 세계 여행으로 안간힘 쓰지 않고 살아도 될 체력을 키웠으니 이제부턴 무엇을 하고 살아도 즐거울 것을 안다. 이미 목표 지점을 정확히 인지하고 있으니 주저하지 않고 날아갈 은재가 보인다.

이 책의 출간은 은재에게 출항신고서와 다를 바 없다. 은재가 항해하는 곳이 어디든 사람들을 이해하는 따뜻한 눈빛과 마음으로 아름다운 이야기를 만들어 낼 것이라 의심하지 않는다. 끝으로, 많은 청소년들이 은재의 책을 읽고 용기 내어 하고 싶은 일을 멋지게 해낼 수 있는 용기를 갖길 바란다.

– **이용선** 하반하 세계 여행 학교 써니쌤

프롤로그 그냥 부딪쳐 보지, 뭐

공부의 '공' 자도 모르던 내가 공부를 잘해야겠다고 생각한 것은 아마도 중학교 2학년에 올라간 첫날이었을 것이다. 아이들끼리 누가 공부를 잘할 것 같냐는 얘기를 하고 있었는데 그때 듣지 말았어야 할 것을 들어 버렸다.

"은재? 걔는 열심히는 하는데 잘은 못할걸?"

아껴 두었던 치킨을 다음 날 아침에 아빠가 다 먹어 치워 버린 듯한 기분이었다. 화가 이마 꼭대기까지 차올라 그 아이에게 실내화를 한 짝 날려 주고 싶었지만 꾹 참고 앞으로 당당히 '보여 주겠노라' 다짐했다. 입술을 꽉 깨물고 손톱자국이 깊이 파일 만큼 주먹을 불끈 쥐면서 말이다.

솔직히 초등학교 내내 자전거를 타고 비밀 장소나 찾아다니면서 놀았으니 중학교 과정을 선행했을 리도 없고, 그저 현행을 따라가기에도 벅찼다. 제대로 학원을 다니기 시작한 것도 중학교 1학년 때부터였다.

그럼에도 공부를 '잘', 그러니까 열심히 말고 정말 잘하고 싶었다. 이런 모욕적인 발언을 듣고 난 뒤 마음을 굳게 다졌다.

그때부터 공부법 모색에 나섰다. 나만의 공부법이란 게 있어야 공부를 잘할 수 있다고 수도 없이 들었으니까. 강성태 공부법을 좔좔 암기할 만큼 영상을 모조리 다 봤고, 시간 계획표니 스톱워치 공부법이니 하는 것들도 다 그때 알게 되었다. 물론 공부를 잘하려면 영상 볼 시간에 문제를 하나 더 푸는 게 나을 수도 있지만 적어도 공부법은 내게 공부에 대한 흥미를 갖게 해 주었다. 보기만 해도 너무 설레고, 보는 것만으로도 공부를 잘할 수 있을 것 같은 느낌이 들었으니까.

어쨌든 공부가 막 재미있어질 무렵이었고, 또 그 녀석 얼굴만 떠올려도 머리가 지끈지끈했으므로 정말 이를 악물고 공부했다. 그 결과 2학년 첫 시험에서 기대한 것보다 훨씬 더 좋은 성과를 냈고 나름대로 그 녀석 코를 아주 납작하게 눌러 주었다고 생각했다.

그런데 문제는 그다음부터였다. 좋은 성적은 내게 막중한 부담을 주었다. 사람들을 실망시키고 싶지 않은 마음도 있었지만, 마음 한편에는 공부를 계속 더 잘하고 싶다는 욕심도 있었다. 이런 욕심 때문인지 점점 주변 아이들을 모두 경쟁자로 여기고 경계했다. 거기에는 오랜 단짝 친구 현진이도 있었고, 이런 나 때문에 우리 사이는 냉동 드라이아이스에서 나온 냉기처럼 냉랭해졌다. 최대한 자유 시간을 줄여 가며 공부를 했지만 뒤처질까 봐, 전보다 못할까 봐 불안에 떨었다. 게다가 이 무렵 엄청난 양의 수행 평가며 학원 숙제가 줄기차게 쏟아져서 마치 갑작스러운 우박에 날벼락까지 맞은 듯했다. 나의 중학교 2학년은 이런 과제의 늪에서 열정과 욕심, 불안으로 허우적대는 시간이었다.

중학교 3학년이 되면서 학교 공부에 간신히 적응했지만 이때부터 학교뿐만 아니라 학원과 주변에서 '고등학교'를 강조하기 시작했다. 고등 수학을 미리 해 두지 않으면 안 된다고, 영어 자격시험에서 고득점을 받아 놓지 않으면 안 된다고 귀에 딱지가 앉도록 들었다. 마치 고등학교 과정을 선행해 놓지 않으면 고등학교 때 인생이 와장창 무너져 다시는 일어날 수 없을 것만 같이 느껴졌다. 하지만 이미 돌이킬 수 없을 만큼 뒤처졌다는 생각이 들었다. 열여섯 살에 인생에서 패배했다고 결정된 것 같았다.

사실 나는 머리가 좋은 아이도, 유별나게 어떤 한 분야에 재능이 있는 아이도 아니다. 그래서 꼭 하지 않으면 안 된다는 그놈의 선행과 갑자기 나에게 던져진 100권이 넘는 권장 도서들과 고전 소설들을 꾸역꾸역 안으로 집어넣으며 눈에 양파를 넣은 듯한 눈물겨운 시간을 보내야 했다. 시험 기간에는 시험공부, 중간고사와 기말고사 사이에는 학교 축

제와 행사, 수행 평가, 고등학교 준비로 조금의 틈도 없었다. 사실 내 삶은 대한민국 평균 청소년의 것이었다. 나뿐만 아니라 내 주변의 많은 아이들도 나처럼 불안해하고 힘들어하며 바쁜 일상을 보내고 있었으니까 말이다.

나는 점점 피폐해졌다. 일단 몸이 지쳤다. 장시간 앉아 있다 보니 허리며 어깨며 머리며 목이며 온몸이 아파 왔고, 안 그래도 타고난 저질 체력은 점점 더 저질스레 변했다. 나는 등굣길에 아이들을 맞이하는 선생님들에게 거의 매일같이 "어디 아프냐?", "괜찮냐?"는 소리를 들었다. 사실 괜찮지 않았다. 가방을 메고 교실까지 계단을 오르는 것만으로도 숨이 찼다. 수면 부족으로 몰려오는 잠을 참으며 듣는 수업은 정말이지 고통스러웠다. 마음 역시 새가 쪼고 간 뒤 아무것도 남지 않은 황무지 같았다. 그러니까 아무것도 하고 싶지 않았고, 모든 게 너무 무서웠고, 다 포기하고 싶었다. 가고 싶은 고등학교도 있었지만 언제부턴가는 그 어디를 가도 결국 입시를 위한 팍팍한 공간이겠구나 하는 생각이 들었고, 그런 고등학교에 가려고 내 삶을 부풀려 자기 소개서를 쓰고 싶지도 않았다.

어디서부터 잘못되었는지 나 자신에게 물었다. 소심하고 두려움 많은 약체에 경쟁심과 욕심 많은 내 잘못인가? 일찌감치 선행을 안 시킨 부모님 잘못인가? 학생들을 끝없는 경쟁 속으로 몰고 가는 학교와 교육 시스템 문제인가? 그런데 대학만 들어가면 숨통이 좀 트이는 건가?

그때 나에게 '쉼'이 필요한 것이 아닌가 처음 생각했다. 중학교 3학년 여름 방학, 아마 그때부터 진지하게 '갭 이어Gap Year'에 대해 고민하기 시작한 것 같다. '갭 이어'란 말 그대로 갭Gap, 즉 시간을 갖는 것을 의미한다. 유럽이나 미국 학생들은 대학에 입학하기 전 갭 이어를 통해 1년간 진로 탐색 시간을 갖기도 한다. 덴마크에서는 중학교를 졸업하고 고등학교에 가기 전에 1년간 '에프터 스콜레'라는 진로 탐색 학교에서 다양한 직업 체험을 해 보기도 한다. 우리 오빠 역시 중학교 2학년 때 학교를 쉬고 1년간 여행을 다녀온 적이 있었고, 아빠는 내게도 줄곧 여행을 제안했다. 하지만 학교를 벗어나 남들과 달리 시간을 보내는 것이 두려워 매번 거절했다.

그런데 지쳐 쓰러질 때쯤 되니 혹시 학교 밖에 나를 살려 줄 오아시스가 있지는 않을까 기대하는 마음이 생겼다. '여행'은 마치 도라에몽 주머니에서 나온 나를 위한 특단의 도구같이 생각되었고, 바로 지금이 그 도구를 사용하기에 가장 적합한 시기라는 생각이 들었다. 일단 선택과 공부와 공포를 미뤄 둘 수 있다는 점에서 말이다. 또 여행을 하다 보면 뭔가 더 나은 답을 찾을 수 있을 것이라는 막연한 희망이 있었다.

물론 1년을 쉬고 나면 다시 학교에 적응할 수 있을까, 한 살 아래 동생들과 별 문제없이 잘 지낼 수 있을까 고민도 들었다. 하지만 내 몸과 마음은 '더 이상은 안 되겠다'며 이미 반기를 든 상태였고 너무나 절박했기에 다른 어려움들은 감수하기로 선택했다. 나는 과감하게 '갭 이어'를 해 보기로 했다.

오빠처럼 1년간 여행을 할 수도 있었지만 6개월만 여행하기로 했다. 거기에는 두 가지 이유가 있었는데 하나는 집과 가족을 떠나는 것이 무척 막막했기 때문이다. 집을 떠나 더 잘 지내는 사람은 우리 오빠이고, 나는 정반대다. 그래서 일단 기간을 6개월로 줄였다. 다른 하나는 내게 주어진 1년의 시간을 쪼개 쓰고 싶었기 때문이다. 그동안 학교 다니느라 못한 것들을 하려면 여행 외에도 시간이 필요했다. 그래서 3월부터 8월까지 6개월간은 하반하 세계 여행 학교 친구들과 여행을 하고, 귀국 후 9월부터 이듬해 2월까지는 내가 하고 싶었던 것들을 스스로 하며 자유 시간을 갖기로 결정했다.

선택을 내리고 나니 마음이 한결 편해졌다. 다른 친구들이 고민고민하며 고입 지원서를 제출할 때 나는 고입 포기서에 미련 없이 도장을 찍었다. 모두가 바삐 학원을 드나들던 2017년 겨울은 내게 3년 만에 찾아온 진짜 해방의 시간이었다. 크리스마스 때 콘서트를 보러 갔고, 가족들과 일본에, 엄마와 부산에 여행을 다녀왔다. 꼭 가고 싶던 캠프에도 다녀왔고, 아주 흥미로운 인문학 강의를 들으러 다녔다. 어느 날은 하루 온종일 누워서 만화책을 보기도 했다.

2018년 3월 18일 일요일, 드디어 출국하는 날이 다가왔다. 인천 국제공항에서 배낭을 부치고 가족들과 마지막 인사를 나눴다. 앞으로 내가 갈 나라는 헝가리, 슬로바키아, 폴란드, 우크라이나, 터키, 이집트. 고등학교에 입학한 다른 아이들에 비하면 보름 정도 늦은 시작이었지만 나를 기다리는 것은 늘 오가던 집과 학교가 아닌, 상상조차 할 수 없는 거대한 새로움을 향한 이륙이었다. 당장 오늘부터 시간이 어떻게 흘러갈지 알 수 없었고, 다시 입국할 6개월 뒤는 더욱 아득히 느껴졌다. 하지만 적어도 이런 걱정은 너무 무섭고 두려운, 날 지치고 힘들게 하는 그런 걱정이 아니었다. 기대와 설렘이 섞인, 새로운 도전을 하는 사람들이 하는 걱정이었다.

비행기에서 김애란 작가의 소설 『바깥은 여름』을 읽었다. 첫 단편 「입동」에서는 빚을 열심히 갚아 가던 부모가 다섯 살 난 아들 영우를 잃었고, 두 번째 단편 「노찬성과 에반」에서는 찬성이가 키우던 개 에반이 교통사고를 당한 뒤 버려졌다. 베이징 국제공항을 경유할 때 읽은 「건

너편」에서는 6년간의 고시 준비와 연속된 실패를 겪은 이수가 여자 친구와 헤어졌다. 읽는 이야기마다 너무 슬프고 절망적이어서 여행을 시작하는 내 마음을 꽤나 무겁게 했지만 그 와중에도 '삶은 어차피 내 뜻대로 되는 것이 아니니 마음을 내려놓고 그냥 흘러가는 대로 살아야겠다'는 유쾌한 결론을 도출해 냈다.

'그래, 여행도 그런 거 아니겠어? 어려운 일이 있어도 그냥 흘러가는 대로 부딪혀 보지, 뭐!'

좀 엉뚱한 결론이지만 이런 생각으로 여행을 시작했다.

건강히
다녀오겠습니다!

차례

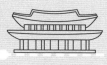
대한민국

헝가리

슬로바키아

우크라이나

1부

할 줄 아는 게
아무것도 없었다

터키   이집트   대한민국

하반하를
소개합니다

도대체 하반하 세계 여행 학교가 어떤 곳이냐고? 하반하는 '하고 싶은 것은 반드시 하고 산다'라는 뜻으로, 부부인 대장님과 써니쌤이 꾸려 가는 여행 학교이다. 하반하의 여행에서 넓은 공원에서 나무에 기대어 여유롭게 책을 읽는다든지, 바닷가 선베드에 누워 잉여롭게 파도 소리를 듣는다든지 뭐 그런 것들을 떠올린다면 엄청난 오산이다. 비싼 호텔과 화려한 식사, 편안한 관광 버스 투어와도 거리가 멀다. 정확히는 그 반대라 할 수 있다.

여행 학교니까 공부는 안 하고 여행하고 자유롭게 놀기만 하는 게 아니냐고? 절대 그렇지 않다! 그런 줄 알고 오는 아이도 있긴 하다. 와서 엄청난 충격을 받는다. 일단 매일 일기 쓰기는 필수다. 다음 날 아침 6시가 일기장 제출 마감 시간이다. 일기장을 제출하고 나서 영어 단어를 외우고 간단한 테스트를 본다. 영어 단어는 자기 수준에 맞는 단어장을 만들어 외운다. 영어 회화, 세계사, 오카리나 수업도 있다. 창작 시간에는 연극이나 마임을 짜기도 하고 동영상을 만들기도 한다. 금요일에는 주제에 따른 말하기 시간 또는 찬반 토론 시간을 갖기도 한다.

그렇다고 일반 학교처럼 성적을 내는 시험을 보지는 않는다. 그 대신 매주 각자 한 활동을 정리해서 그 결과물에 부합하는 용돈을 받는다. 이것이 바로 '정산 제도'이다. 처음에는 모두가 똑같이 0으로 시작하지만 한 달만 지나도 누구는 부자가 되고, 누구는 100달러 이상의 빚쟁이가 되어 돈을 꾸러 다니는 재미난 일들이 일어난다. 하반하는 빈부 격차가 엄청난 곳이다.

하지만 공부를 잘한다고 무조건 피라미드의 꼭대기에 올라가고, 그렇지 않다고 가난뱅이가 되는 것은 절대 아니라는 점을 밝혀 둔

다. 공부는 괜찮게 하지만 피라미드의 밑바닥 인생을 사는 친구들도 있다. 그 대표적인 예가 바로 나다. 바로 체력과 일솜씨 부족 때문. 하반하에서 공부는 그저 부차적인 것이고 가장 중요한 것은 생활력과 일머리, 그리고 운동 능력이다. 여행을 하는 동안 의식주를 우리 스스로 해결해야 하기 때문에 음식을 만드는 실력, 짐을 잘 정리하고 나르는 능력 등이 영어 단어보다 훨씬 쓸모 있다. 수학 문제를 백 번 잘 풀어도 양파 껍질을 못 벗기면 무용지물이라는 뜻이다. 하반하의 주요 과목 역시 체육. 나머지는 사실 모두 기타 과목에 불과하다. 아침에는 주로 조깅을, 오후에는 나라마다 집중해서 운동을 하나씩 배웠다. 올해는 슬로바키아에서는 스키, 터키에서는 윈드서핑, 이집트에서는 스쿠버 다이빙을 배웠다.

하반하에서는 누가 해 주는 밥을 기대해서는 안 된다. 우리는 직접 매 끼니를 만들어 먹었다. 자기 옷은 자기 손으로 빨았다. 숙소를 이동할 땐 어떻게 했냐고? 두 발로 직접 걸어서 4킬로미터든 5킬로미터든 이동했다. 바퀴 달린 대형 캐리어? 노노! 우리는 각자 자기 등판보다 조금 큰 배낭을 하나씩 멨다. 앞에는 작은 배낭을 하나 더 멨다. 우리나라를 출발할 때 내 배낭 무게는 앞뒤 배낭을 합쳐서 15

킬로그램이었다.

숙소를 고르는 기준은 시내에서 가장 가깝고 교통이 편리한 곳. 그래서 가끔은 외국인들과 한 방에 자기도 하고, 허름한 곳에서 생활하기도 했다. 아무렴 뭐 어떤가? 시내의 중심에 위치한 덕분에 우리는 창문으로 고개만 내밀어도 출퇴근길에 바삐 움직이는 사람들의 발걸음을, 덜커덩거리는 기차 소리를, 길거리에서 아침 일찍부터 부지런히 장사를 하는 상인들의 모습을 직접 보고 들을 수 있었다. 각 나라를 파악하기에 최적의 장소였다. 물론 고난이 없었을 리 없다. 배낭을 메고 걷는 게 어찌나 죽을 맛이었는지, 공동 생활이 어찌나 불편하고 힘들었는지. 그 이야기들은 앞으로 찬찬히 하겠다.

나는 대장님과 써니쌤을 비롯해 찬희쌤, 진성쌤, 해인쌤 등 모두 여덟 명의 선생님들과 열다섯 명의 '비밀병기(하반하는 2010년 1기부터 시작했는데, 올해만 특별히 이렇게 부른다)' 아이들과 함께 여행했다. 하반하의 최고 권력자는 써니쌤이다. 학교에서는 선생님들을 꼼짝 못 하게 만들었다는 세고 센 아이들도 써니쌤 앞에서는 순한 양 한 마리가 되는 걸 보면 써니쌤의 힘이 어느 정도인지 상상할 수 있을 것이다. 대장님은 <나는 자연인이다>에서 방금 튀어나왔다고 해도 누구나 믿을 만한 분이다. 덥수룩한 회색 수염과 두껍고 진한 눈썹, 세월의 풍파와 노련함이 새겨진 눈가의 주름, 이런 것들만으로도 산신령을 연상시키는데, 즉석에서 무엇이든 만들고 고치는 초능력까지 있다. 버려진 나뭇가지가 젓가락으로, 망가진 캐리어가 완전 튼튼한 캐리어로 바뀌는 마법 같은 일들을 자주 목격했다. 가끔 외국 음식이 입에 맞았냐고 물어보는 사람들이 있는데, 사실 외국 음식을 먹었는지 우리나라 음식을 먹었는지 헷갈린다. 우린 여행 중에 닭볶음탕과 김치찌개를 즐겨 먹었기 때문이다. 대장님은 김치 없이도 토마토로 김치의 맛을 재현한다. 덕분에 6개월 동안 외국에 있으면서도 집밥이 그리웠던 적이 없다.

하반하의 비밀병기들

나와 함께한 열다섯 명의 비밀병기는 전국 각지에서 모인 아이들로, 여행을 하게 된 배경이나 성격이 다 제각각이다. 그 가운데 몇 명의 신상을 살짝 공개해 볼까 한다. 참고로 하반하에서는 자기보다 나이가 많은 사람에게 성별을 구분하지 않고 '형님'이란 호칭을 사용한다.

• 정우진(19) : 여행 2년 차. 비밀병기 학생 회
장. 사실 2년 전까지는 가출을 일삼는 비행 청
소년이었다고 함. 어려움에 처했을 때 오토바이
를 타고 서울에서부터 경기도까지 질주해서 도우러 오는 의리
있는 친구가 여섯 명 있음. 문제 학생에서 바른 청년으로 거듭나
하반하의 모범 사례가 됨.

• 박준우(17) : 입학식 날 얼굴에 검은 마스크를
끼고 엄청 폼을 잡음. 왼쪽 손등에 커다란 장미
무늬 문신 소유. 아는 여동생만 열 명. 선생님 말
씀만 꼬박꼬박 잘 따르는 모범생들이 싫다며 언제나 내게 인생
을 그렇게 재미없게 살지 말라고 가르침. 사업 아이디어는 전무
하나 무조건 '사장'이 되는 것이 꿈임.

• 박준휘(16) : 입학식 장기 자랑 시간에 엄마, 아
빠 손을 잡고 해맑게 동요를 부르며 율동을 해서
주목을 받음. 21세기 한국 사회의 열여섯 살 청소

년에게 절대 기대할 수 없는 순도 100의 결정체인줄 알았으나 알고 보니 많이 때 묻은 아이. 불타는 경쟁심과 악착같은 끈기의 소유자. 여행 중 매일 밤을 불태우며 공부해서 매번 정산 1등을 하다가 여행 후 마지막 발표회 때 '스카이'에 가겠다고 선언함.

• 김민수(15) : 합숙 내내 하루 종일 '책만' 읽어서 오죽했으면 책 금지령까지 받은 경력이 있음. 걸어 다니는 백과사전이라고 해도 과언이 아님. 적정치 이상의 학구열로 사람들을 당황시키거나 빵 터트리게 만들곤 함. 이집트 호텔에서 다른 사람들은 대충 보고 무시하는 저녁 식사 드레스 코드를 너무 열심히 공부한 나머지 40도의 날씨에 혼자 긴바지 긴팔의 신사 복장을 하고 등장. 호텔 알람시계 작동 방법에 대해 연구한 내용을 아이들에게 세밀히 설명해줌(정말 호텔 직원인 줄 알았다).

• 도준형(14) : 출정식 중간에 여행가기 싫다고 탈주. 출국하던 날 인천 국제공항에서도 혼자

멀리 숨어 있었으나 결국 발견되어 아슬아슬하게 함께 출국함. 여행 내내 집 근처의 냉면집을 몹시 그리워함. 함께 여행을 마친 것이 기적 같은 아이.

너무 안 어울리는 조합 아니냐고? 맞다. 안 어울려도 너무 안 어울린다. 처음엔 나도 눈앞이 캄캄하고 막막했다. 어떻게 이렇게 다른 아이들과 6개월 동안 같이 밥을 먹고 잠을 자고 부대낄 수 있을까? 상상만으로도 불협화음이 귀 끝에 스쳐 소름이 돋았다.

하지만 불행인지 다행인지, 우리에겐 길을 잃으면 갈 곳이 없다는 공통점이 있었다. 그리고 같은 한국인이라는 점에서 오는 동지애 같은 것이 꽤나 끈끈하게 우리를 동여매고 있었다. 덕분에 이제껏 살아온 인생이 제각각인 우리는 '비밀병기'라는 이름 아래 어설프게 하나로 묶일 수 있었다.

3월 18일 밤 8시, 우리는 헝가리에 도착했다. 헝가리 부다페스트에서 여행은 시작되었다.

내 손으로
밥상 차리기

헝가리에 도착하자마자 나는 워커 팀이 되었다. '워커'라는 말을 들으니 공사장 노동자들이 떠올랐다. 나는 무거운 짐을 나르거나, 뭔가를 만들고 고치는 일을 맡게 될 줄 알았다. 힘깨나 쓰는 사람이 워커가 되어야지 나 같은 약골이 뭘 할 수 있으려나 싶었다. 워커를 맡은 사람은 모두 밖으로 나와 보라기에 잔뜩 긴장하고 나갔다.

"우리는 오늘 요리 워커 팀이어서 지금 장 보러 가야 해."

하반하 8기 경험이 있는 정우가 어쩔 줄 몰라 하는 내게 늠름하게 얘기해 주었다. 우리가 맡은 일은 그러니까 짐을 옮기는 일이 아니라 장을 보는 일이었다. 나는 그제야 조금 안도했다.

그러니까 '하반하 워커'란 간단히 말해 식사 당번이라고 할 수 있다. 워커는 두 종류로 나뉜다. 요리 워커와 설거지 워커. 요리 워커는 장보기와 식사 준비를 하고, 설거지 워커는 식사가 끝난 뒤 설거지와 뒷정리를 맡는다. '우리가 먹는 것은 우리가 함께 만든다'는 취지로 아이들 모두가 워커에 참여한다. 팀당 4명씩 4팀을 만들어 요리 워커와 설거지 워커를 돌아가면서 했다.

오늘 요리 워커 팀인 나와 정우, 준우, 지원 형님은 장바구니를 들고 찬희쌤과 진성쌤을 따라 마트를 찾아 나섰다. 선생님들이 미리 봐 둔 마트가 있을 것이라 생각하며 계속 따라 걸었다. 그런데 아무리 걷고 또 걸어도 마트는 나타나지 않았다. 두 분 선생님이 걸음을 멈췄다.

"적당한 상점을 찾아야 하니까 두 팀으로 갈라져서 찾아보자."

생각해 보니 우리가 헝가리에 도착한 지 하루밖에 되지 않았는데, 선생님들이라고 이곳 마트를 알고 있을 리 없었다. 그렇게 10분 정도 흩어져 찾아다니다가 드디어 마트 한 곳을 찾게 되었고 우르

르 들어갔다.

우리는 아침 식사로 먹을 빵과 시리얼, 달걀 등을 찾았다. 여전히 어리바리하던 나는 외국 마트의 신기한 제품에 눈이 멀어 정신을 놓았다. 외국에서 마트에 가면 항상 구경하는 것이 있다. 바로 과자다. 패키지 투어를 다닐 적에는 휴게소에 내려 과자를 하나씩 사 먹는 것이 가장 큰 낙이었다. 이번에도 자꾸 과자 쪽으로 발이 움직였다. 감자 칩, 초코 쿠키, 견과류 바. 나는 예전 습관대로 그것들을 집어서 카트에 넣을 뻔했다.

엇! 잠시만.

그제야 나한테 돈이 없다는 것이 생각났다. 동전도 한 푼 없었다. 하반하에서는 학생 개인이 돈을 챙기는 것을 허용하지 않았다. 과자를 원래 자리에 내려 두고 멀찌감치 서서 지켜보기만 했다. 인천 공항을 떠나오기 전까지만 해도 내 지갑엔 언제나 만 원 이상의 돈이 들어 있었는데, 오늘의 나는 어찌 이런 것인가. 조금 울컥했다. 앞으로 이런 삶을 6개월간 계속해야 한다니 내가 정말 불쌍해 보였다. 그래서 무엇을 했냐 하면… 먹고 싶은 과자를 들고 사진을 찍었다. 헛헛한 마음을 달래기 위한 특단의 조치였다.

돈이 없으니 사진이라도….

그러다 다시 정신을 차리고 찬
희쌤이 있는 쪽으로 갔다. 찬희쌤
은 뭔가 아주 심각하게 배추 같은 것
을 뚫어져라 쳐다보고 있었다. 이파리에
대체 뭐가 있기에 그렇게 열심히 들여다보는지 알 수가 없었다. 배
추뿐만이 아니라 우유, 요구르트, 시리얼, 달걀, 빵… 모든 것을 그
렇게 심각하게 한참 동안 들여다보았다. '가장 좋고, 맛있어 보이는
것'으로 사면 될 것을 왜 그리 복잡하게 생각하나. 나는 뒤늦게 이
것이 철없는 생각이란 것을 알았다. 스물네 명이 먹는 식사는 그렇
게 단순한 것이 아니었다. 혼자 먹을 때는 500원이 크게 문제가 되
지 않지만, 24인분 음식이 하나당 500원씩 비싸면 그 값은 엄청 차
이가 난다. 그러니 그렇게 한참 동안 가격과 품질을 하나하나 꼼꼼
히 따져 보고 고민하지 않을 수 없었던 것이다. 나는 내가 먹고 싶
은 빵과 시리얼을 사자고 할 수 없다는 것을 깨달았다. 이때 처음으

로 가격 때문에 먹고 싶은 것을 포기해야 하는 슬픔을 경험했다. 찬희쌤이 5분간 들여다보다 안 산 물건들도 많았다. 우리는 다른 마트를 찾아 다시 떠났다.

우리는 재래시장에도 다녀왔다. 이곳에서 나머지 필요한 것들을 샀다. 빵은 빵 가게에서 따로 샀다. 마트 빵보다 가격도 훨씬 저렴하고 양도 많았다. 장을 보는 데 두 시간 정도가 걸렸다.

끝난 게 끝난 게 아니야

잔뜩 지쳐서 어깨에 장바구니를 지고 아침 10시쯤 숙소에 도착했다. 방에 올라가 앉아 쉬고 싶었지만, 일은 이제 시작이었다. 우리가 한 것은 그저 아침 식사를 위한 재료 준비에 지나지 않았다. 이제는 그 재료들로 진짜 요리를 할 때였다. 해 본 음식이라고는 달걀 프라이가 전부인 내가 거들 일은 거의 없었지만, 채소를 씻고 다듬는 일은 할 수 있었다. 이후 몇 번 더 워커 팀을 해 본 뒤에야 워커 시스템과 워커 일을 이해하게 되었다.

하반하에서 요리는 대개 대장님과 찬희쌤이 이끌었다. 두 분은 하반하 최고의 요리사다. 두 분 다 20리터 통에 24인분 식사를 만드는 데 능숙하다. 대장님은 주로 외국 재료를 이용해 김치찌개나 닭볶음탕 같은 우리 맛을 내는 데 능하고, 찬희쌤은 스파게티 같은 서양 요리를 웬만한 레스토랑 셰프 못지않게 잘 만든다. 봉지 라면만 끓일 줄 아는 아빠만 봐 왔던 나는 이 두 분을 통해 남자도 요리를 잘할 수 있다는 새로운 사실을 알게 되었다.

요리까지 마치고 나니 이미 11시가 넘어 있었다. 아침 8시부터 3시간 동안 아침 식사 준비를 한 것이었다. 집에 있었다면 냉장고에 쟁여져 있는 빵 한 조각으로 30분 안에 식사를 마쳤을 텐데 말이다. 엄마가 부르면 그제야 달려가 엄마가 차린 밥과 반찬을 허겁지겁 먹던 때가 그리웠다.

하반하에서는 식사를 차리는 일도 엄청났다. 잼을 그릇 대여섯 개에 나누어 퍼 담고, 개인 그릇 스물네 개를 준비하고, 각각의 그릇에 음식을 나눠야 했다. 혼자일 때는 단순한 일이 이렇게나 복잡하고 많아져서 조금 짜증이 났다. 요리를 하는 중에 맛을 보거나 아이들이 모두 자리에 앉기 전에 먼저 한 조각 주워 먹을 수도 없었다. 하반하에서는 다 함께 노래를 부르고 식사를 하는 것이 원칙이었다. 냄새가 스멀스멀 올라오는 음식을 앞에 두고 맛을 보지 못하는 것은 내 인내심을 확인하기 위한 시험 같았다. 나는 생애 처음으로 아침 식사 한 끼를 해 먹는 일이 이처럼 고되고 힘들 수 있다는 것을 알게 되었다.

　더 이상 나를 대신해 밥을 해 줄 사람이 없는 하반하에서 서툴지만 요리를 배웠다. 음식을 다 태우고, 손에 상처를 내면서. 요리를 열심히 하면 식사 시간에 배가 고프지 않을 수가 없었다. 집에서는 밥 때에도 배가 안 고팠는데, 하반하에서는 식사 시간이 간절히 기다려질 만큼 배가 고팠다. 노래를 부르고 세 시간 동안 열심히 준비한 밥을 입에 넣는 순간 몸이 녹아 내렸다. 그 순간이 너무 뿌듯하고 기뻤다. 밥이 꿀맛이었다.

할 줄 아는 게 아무것도 없었다

내가 요리 워커를 맡지 않은 날은 너무도 편했다. 다른 친구들이 해 준 밥을 먹는다는 것이 얼마나 편하고 감사한 일인지 알게 되었다. 워커가 아닌 날 주방에 안 나가고 방에서 쉬고 있으면 '내가 나가서 같이 요리를 안 해도 되는 걸까?' 하는 생각에 마음이 불편하기도 했다. 그런 날에는 몸을 일으켜 주방 주위를 서성이다 작은 일을 맡아서 도왔다.

설거지도 결코 쉬운 일이 아니었다. 하나하나 주방 세제를 칠하고 씻으려면 시간이 너무 오래 걸렸다. 처음에는 청결을 강조하며 천천히 꼼꼼하게 설거지를 하다가 써니쌤에게 물과 시간을 낭비한다며 된통 혼이 났다. 그 이후 최대한 속도를 올리려고 노력했지만, 여전히 느린 손놀림에 속이 터진 팀원들은 나에게 식탁 정리를 시켰다. 식사를 준비하고, 먹고, 치우는 데 거의 하루의 반나절 이상을 보냈다. '의'와 '주'가 주어진 하반하에서 가장 중요한 것은 '식'이었다. 활동이 많은 여행자에겐 당연히 먹는 것만큼 중요한 게 없는 법이다.

초보 워커의 재료 손질법

고기 손질법

삶은 고기를 자를 때는 고기 결과 반대 방향으로 고기를 썬다. 그래야 씹는 식감이 좋다.

배추 손질법

1. 겉에서 세 겹 정도를 떼어 낸 배춧잎을 찬물에 씻는다.
2. 세 겹을 떼어 내고 남은 배추는 통째로 물로 살짝 씻는다.
3. 배추를 한 겹 한 겹 다 떼어 내서 씻는다.

기타 각종 채소 손질법

1. 감자나 호박 같은 재료는 상온에 보관해도 된다. 여름에도 오케이.
2. 채소를 보관할 때는 숨을 쉴 수 있도록 무조건 비닐이나 포장지를 빼고 보관해야 한다.
3. 버섯을 씻을 때는 검은색 이물질이 사라지도록 잘 문질러 주어야 한다. 생각보다 버섯이 많이 더럽다.
4. 무청은 잎 부분과 줄기 부분을 분리해서 따로 사용한다.
5. 파프리카는 꼭지를 손으로 꾹 눌러 들어가게 한 뒤 반을 잘라 꼭지와 씨를 빼낸 뒤 씻는다.
6. (채소 손질법은 아니지만) 두 명 이상이 설거지를 할 때는 큰 냄비 같은 것에 따로 물을 받아서 세제로 칠한 그릇을 담그고 다른 사람이 싱크대에서 그릇을 헹구면 좋다.

할 줄 아는 게 아무것도 없었다

파 씻는 법

1. 파의 뿌리 부분을 모아 잡는다.

2. 파는 뿌리를 칼로 잘라내고 잎에 검은 먼지가 없도록 씻는다.

3. 파가 갈라져 나오는 부분을 특히 주의해서 닦는다. 그 사이사이에 모래알 갱이들이 많다.

4. 파 뿌리 쪽을 잡고 닦으면 물이 쭉 내려가면서 아래까지 잘 씻긴다.

진정한
조깅의 맛

여행을 시작했을 때 절대 오지 않았으면 한 날은 바로 조깅 날이었다. 머리로야 열심히 운동해서 체력을 키우겠다고 했지만, 그걸 몸으로 한다는 건 여전히 두려운 일이었다. 하지만 그날은 왔다. 헝가리에서의 둘째 날, 조깅을 할 예정이니 운동화를 신고 나오라는 공지가 떨어졌다.

3월의 헝가리는 매서울 정도로 추운 날씨는 아니었지만, 내가 체감하기에 영하였다. 그냥 나가도 손발이 오그라들 정도인데 나가서 운동까지 해야 하다니, 나가기 전부터 공포에 질려 온몸이 떨렸다. 나는 가지고 있던 옷을 모두 동원해 철저한 방한 차림을 했다. 긴 운동복 바지 위에 잠옷 바지를 하나 더 입고, 반팔 위에 긴팔 티셔츠, 그 위에 플리스를 입고 그 위에 스키복 윗도리를 입었다. 나가 보니 나처럼 두껍게 옷을 입은 사람은 한 명도 없고 나 혼자 아래두 겹, 위 네 겹을 입고 뒤뚱거렸다. 다른 아이들의 비웃음거리가되더라도 살갗에 차가운 바람이 스치는 것이 두려워 껴입은 옷들 중어느 것 하나도 벗을 수가 없었다.

대장님이 선두에 섰고, 나머지는 그 뒤에 줄을 지어 따라갔다. 나는 잘해 보려는 마음에 대장님 바로 뒤에 바짝 붙어 맨 앞자리를 차지했다. 처음에는 빠른 걸음 정도의 속도로 뛰었기 때문에 크게 힘들지 않았다. 뒤처지지 않고 제법 잘 뛰는 나를 보며 '내가 어쩌면조깅에 소질이 있을지도 모른다'는 오만한 생각까지 했다. 하지만대장님의 속도는 점점 더 빨라졌고, 나는 채 5분도 뛰지 않고 숨이차오르는 것을 느꼈다.

헥헥, 숨이 넘어갈 것처럼 심장이 빨리 뛰었고, 산소 공급이 안 되어서인지 머리가 어지러웠다. 그러는 사이 내 뒤에 있던 아이들이 하나둘 나를 앞질렀다. 나는 급기야 맨 뒤에서도 10미터 이상 떨어졌다. 마음은 저 앞에 있는데, 이놈의 발에 쇳덩어리가 묶여 있는지 앞으로 나가지는 않고 질질 끌리기만 했다. 내 몸에 화가 났다. 내 몸이 내가 부양해야 할 어르신같이 무겁게 느껴졌다. 말 안 듣는 어린애를 어르고 달래서 겨우겨우 끌고 가는 기분이기도 했다. 목구멍에서부터 올라온 신음 소리를 애써 삼키며 눈물을 글썽였다.

으으윽. 고통과 분노 속에서 내 얼굴은 뭉크의 <절규>보다 극심하게 일그러졌다. 조깅 대열과 점점 더 멀어질수록 그냥 멈추고 포기하고 싶다는 생각이 들었다.

'어차피 보는 사람도 없으니 그냥 걸을까?'

하. 그렇지만 이번 여행에서 가장 큰 목표가 체력을 기르는 것이 아니었던가. 여기에서 멈추면 나 자신이 너무 비겁해 보일 것 같았다. 나는 쉽사리 조깅을 멈출 수 없었다. 준우와 동군이가 내 앞에서 키득거리며 달리기 시합을 하며 뛰고 있었다. 나는 죽어 가는데 저 아이들에겐 웃고 떠들 만큼 힘이 남아 있다는 것이 정말 신기하고 부러웠다. 내가 평균 아이들에 비해 얼마나 심각하게 체력이 약한지를 적나라하게 파악했다.

나는 다른 아이들이 목적지인 농구 코트에 도착하고 5분이 지나서야 그곳에 도착했다. 아마도 태어나서 이만큼 고되게 운동을 한 것은 이날이 처음이었을 것이다. 나는 악몽을 꾸고 일어난 사람처럼 힘이 쭉 빠져 온몸이 늘어졌고, 얼굴에는 표정을 지을 만한 기운조차 남아 있지 않았다. 내 첫 조깅은 그야말로 최악이었다.

이날 이후 나는 조깅 공포증에 걸렸다. 이 병은 아침이 오는 것이 두렵고, 조깅 생각을 하면 식은땀이 줄줄 나는 병이다. 앞으로 6개월간 이렇게 매일 아침 조깅을 한다는 것이 상상조차 안 될 만큼 불가능한 일이란 생각이 들었고, 노력해서 체력을 기른다는 것도 애당초 불가능한 일일지 모른다는 생각이 들었다. 준형이와 정우는 처음에는 자기들도 많이 힘들었지만, 계속 하다 보니 늘었다며 나를 위로했다. 하지만 그저 남의 애기로밖에 들리지 않았다.

나에게 주문을 걸다

며칠 뒤 다시 '7시 반 조깅' 공지가 떨어졌다. 써니쌤이라는 무서운 존재만 아니었다면 나는 꾀병을 부리거나, 조깅 시간에 맞춰 몰래 어딘가에 숨었을 것이다. 하지만 우리 써니쌤은 꾀병을 바로 알아

볼 수 있을 만큼 예리하고, 조깅에 나가지 않겠다고 떼를 쓰면 나를 곧장 한국으로 돌려보낼 만큼 무서웠다. 꾀를 부릴 수가 없었다. 그렇다면 할 수 있는 것은 '정면 돌파'뿐이었다.

나는 두려움에 떨며 세 번이나 기도를 했다. 아침에 일어나자마자 한 번, 단어 시험이 끝나고 한 번, 준비 운동을 하며 한 번.

'힘들지 않게 해 달라는 건 과한 욕심인 걸 아니까 제발 힘들어도 끝까지 즐거운 마음으로 뛸 수 있게 해 주세요.'

막 뛰기 시작했을 때 민승쌤이 와서 이런 얘기를 해 줬다.

"은재야, 내가 조깅의 신기한 비밀 하나 알려 줄까? 조깅은 안 힘들다고 생각하면 정말 하나도 안 힘들어."

아마도 이 말은 나의 간절한 기도에 대한 응답이었던 것 같다. 이 말을 철석같이 믿고 나 자신에게 주문을 걸었다.

'하나도 안 힘들지롱. 발이 저절로 움직여서 멈추고 싶어도 멈출 수가 없네.'

물론 이 주문 하나로 내 발이 정말 가벼워지거나 내 속도가 빨라진 건 아니다. 우리는 넓은 공원에서 조깅을 했는데, 나는 다른 아이들이 아주 작은 개미처럼 보일 만큼 뒤떨어져 있었다. 어쩌면 두 번째 조깅은 첫날 조깅과 별반 다르지 않았을 수도 있다. 하지만 힘들지 않다고 스스로에게 되뇌다 보니 적어도 첫 조깅 때만큼의 분노나 고통이 느껴지지 않았다. 첫날 내 위치를 확실히 파악해서 이번에는 다른 아이들과 같은 속도로 뛰려는 욕심을 버렸다. 그저 내 위치에서 내 속도를 유지하며 끝까지 뛰는 것이 목표였다. '잘해야겠다'라는 생각과 기대가 전혀 없었고, 덕분에 마음 편히 나 자신을 있는 그대로 격려하며 안정적으로 뛸 수 있었다. 최악을 경험한 뒤에는 그 어떤 것도 그 이상인 법. 최악에서 한 발짝 멀어진 것이 감격스러웠고, 감사했다.

몸을 아래위로 움직이니 배가 꿀렁였다. 굳어 있던 배가 풀어진 것이다. 문득 요구르트나 유산균으로 변비를 치료하려던 과거의 내가 어리석게 느껴졌다. 진정한 장운동이란 바로 이건데. 조깅이야말로 내 만성 질환을 치료할 유일한 치료법이라는 확신이 생겼다.

다른 아이들이 조깅을 마무리하며 정리를 하고 있을 때에야 아이들을 따라잡았다. 아이들과 만났던 그 순간을 잊을 수 없다. 후하하 후하하 박자에 맞춰 뛰던 발의 시동을 끄는 그 순간, 엄청난 황홀감을 느꼈다. 정말 짜릿했다. 전략이나 머리를 써서가 아니라 단순히

'끈기'만으로 해냈다는 것이 뿌듯했다. 당장이라도 날 수 있을 것처럼 몸이 가벼웠다. 첫 조깅 이후 완전히 고갈되었던 내 정신이 이번에는 그 어느 때보다 맑았다. 운동 후 엔도르핀이 분비되었는지 마냥 기쁘고 신이 나서 입꼬리가 절로 올라갔다. 달랑거리는 내 손과 털털거리는 허벅지, 약간 떡이 진 머리. 내가 조깅을 했다는 모든 흔적들이 좋았다.

다른 아이들만큼 뛰는 것은 어렵더라도 조깅을 하는 것이 아주 불가능한 것은 아니구나. 두 번째 조깅 이후 내가 조금씩 나아질지도 모른다는 희망이 생겼다. 조깅에 대한 긍정적인 인식이 자리 잡은 순간부터 신기하게도 실력이 발전해 나갔다.

　나는 조깅을 통해 '진정한 운동'이란 무엇인지 알게 되었다. 죽도록 하기 싫고, 죽을 만큼 힘든 것이다. 일 분 일 초도 그냥 지나가는 일 없이 더디고 고통스러운 것이다. 하지만 가장 힘든 순간을 넘은 뒤에는 그 어떤 것으로도 대체할 수 없는 엄청난 쾌감과 가벼움이 따라오며, 무엇보다 매 순간 건강해지고 있다는 것을 온몸으로 느낄 수 있다. 17년간 벽을 쌓고 지내던 운동, 그 원수 같은 녀석에게도 매력이 있다는 것을 알았다. 끈질기고 고된 끈기와 인내 끝에만 맛볼 수 있는 것이라 나 같은 게으름뱅이는 그동안 알 수 없었던 것이다. 심지어 움직이기 싫어하고, 누워 뒹구는 것만 좋아하는 줄 알았던 내 몸에 사실 운동의 자극과 활발한 움직임을 즐기는 뜻밖의 취향이 있다는 것을 알게 되었다.

　먹어 보지 않은 음식을 싫어하는 음식이라 착각하듯, 해 보지도 않은 운동을 싫어한다고 단정 지으며 계속 멀리 했다. 운동과 더 멀어지기 전에 운동의 진정한 맛을 보게 된 것은 정말 다행이다.

스키를 즐기는
새로운 방법

우리가 슬로바키아에 도착한 시기는 3월 말. 춥고 눈이 많이 내리는 지역이라고는 하나, 슬로바키아에도 봄바람이 불었다. 산에 덮인 눈이 조금씩 녹아 계곡물이 되어 흘렀고, 날씨는 이미 겉옷 하나를 벗어도 될 정도로 따스했다. '러시아 근처에 있는 일 년 내내 끔찍하게 추운 나라'라는 내 기대와는 사뭇 달랐다. 물론 이것은 추위를 최대의 적이라고 생각하는 내게 오히려 잘된 일이었다.

하지만 스키를 타는 데에는 무리가 있었다. 슬로프의 눈이 녹아서 질퍽질퍽한 슬러시 상태가 되어 있었다. 스키 고수라면 눈 상태를 탓하지 않겠지만, 나 같은 초보자에게 이런 눈 상태는 아주 치명적이었다. 다리에 힘을 주지 않으면 울퉁불퉁한 눈 위에서 몸이 제멋대로 펄쩍펄쩍 튕겼다. 처음에는 스키 플레이트로 눈을 가를 만큼 다리 힘과 열정이 있었지만, 그리 오래가지 않았다. 다리가 후들거려서 더 이상은 스키를 못 타겠다고 생각한 것이 스키를 탄 지 일주일도 채 안 된, 아마 나흘쯤 뒤였을 것이다.

스키는 워낙 장비도 많고, 옷 입는 것도 힘들어서 스키를 타러 나가기도 전부터 짜증이 났다.

'이놈의 옷은 뭐가 이리 답답해.'

내복 입고, 플리스 입고, 스키복 입고, 목도리 두르고, 모자 쓰고, 고글 쓰고. 옷만 입어도 혈압이 오르고 숨이 막혔다. 이 상태에서 빡빡한 부츠에 발을 꼬깃꼬깃 구겨 넣고, 잘 채워지지도 않는 버클을 손이 뻘게지도록 있는 힘껏 당겨 겨우 채우면서 또 한 번 열이 확 달아올랐다.

'으윽, 스키 하나 타려고 이렇게 고생해야 하다니.'

이 정도에서 끝났다면 양반이었을 것이다. 나를 가장 열 받게 한 것은 그다음부터였다. 뻑뻑하고 삐거덕거리는 걷기 불편한 부츠를 신고 한 손에 스키 플레이트 두 개, 다른 한 손에 폴 두 개를 들면 분노와 짜증이 최고조에 이르렀다. 그리고 그때부터 진정한 고난과 역경이 시작되었다. 내 앞에 높고 비탈진 계단 수십 개가 놓여 있었기 때문이다.

계단 앞에 서면 끝이 보이지 않았다. 한숨만 나왔다. 히말라야산맥같이 높고 험준해 보였다. 나는 계단을 만든 사람의 수고가 헛되지 않도록 한 계단 한 계단 아주 조심스레 올랐다. 한 칸 오르고 스키와 폴을 들어 올린 뒤 크게 숨 쉬고, 다시 한 칸 오르고 스키와 폴을 들어 올린 뒤 숨 쉬고. 이것을 서른 번 이상 반복해야 겨우 슬로프 입구에 도착할 수 있었다.

이렇게 스키를 타기도 전에 있는 힘을 몽땅 빼서 리프트에 앉으면 이미 녹초가 되어 있었다. 내게 스키를 탈 힘이 남아 있질 않았다. 리프트에서 내리면서 스스로 이 꼭대기까지 올라온 나 자신을 원망했다.

'어떻게 내려갈 것인가.'

막막했다. 스키를 타고 내려가다가 채 3분이 되기 전에 멈췄고,

조금 내려가다가 금세 슬로프 옆으로 가서 멈춰 섰다. 3분 타고, 10분은 쉬었을 것이다. 하늘을 보다, 스키를 타는 사람들을 구경하다, 문득 이러다가는 끝내 못 내려갈지도 모른다는 걱정이 들어 다시 스키를 끌고 3분을 내려갔다. 이렇게 한 슬로프를 한 번 내려오는 데 1시간이 걸렸다.

스키를 타기 시작한 처음 이틀 동안에는 하반하 아이들 중에서 꽤 스키를 잘 타는 편에 속했다. 대장님께서 내 폼을 칭찬하셨을 정도였으니 말이다. 물론 당연한 일이었다. 나는 하반하에 가기 전부터 아빠의 권유로 스키를 배웠다. 운동 신경이 없는 것을 살면서 가장 큰 한으로 생각한 아빠는 내가 어렸을 때부터 태권도며, 수영이며, 탁구며 끊임없이 가르쳤다. 이번에도 역시 아빠는 스키 얘기가 나오자마자 내게 스키 레슨을 시켰고, 그러니 내 폼은 좋을 수밖에 없었다.

하지만 일취월장, 하루가 다르게 늘어 가는 아이들의 스키 실력과 달리 내 실력은 기하급수적으로 후퇴했다. 내가 힘들어서 헉헉대고 있을 때 아이들은 이미 A자에서 11자로, 11자에서 카빙으로 발전해 나가고 있었다. 카빙, 그것은 아빠가 지난 5년의 연습에도 끝내 터득하지 못한 기술이다. 그런데 아이들은 단 며칠 만에 스스로 터득하고 익혔다. 내가 이 아이들과 엄청난 괴리를 느꼈던 이유는 "오늘 스키를 안 타면 죽어 버릴지도 모른다", "오늘은 무조건 스키를 타야 한다" 같은 말을 진심으로 했기 때문이다. 나로서는 전혀 납득이 가지 않는 말이었다. 저 열정이란 무엇인가. 나는 아이들 말에 힘없이 고개만 끄덕였다.

스키를 즐기는 나만의 방법

3월 27일. 초급 슬로프를 탈출해 처음으로 중상급 슬로프에 올랐다. 대장님께서 스키를 잘 타는 사람은 같이 가 보자고 하시기에 내 실력에 대한 깊은 성찰도 없이 무모하게 그냥 따라갔다. 우리나라에서 중상급 슬로프는 사실 그렇게 높지 않다. 초급자라도 덜덜 떨면서 내려올 수 있는 정도다. 내가 슬로바키아를 너무 만만하게 봤던 것일까? 정상에 도착해서 보니 입이 딱 벌어졌다. 낮은 구름과 뿌연 안개, 눈보라 때문에 눈앞에 하얀 바탕 말고는 정말 아무것도 보이지 않았다. 영화 <신과 함께>에서 마지막 재판을 받으러 가는 눈보라길 같기도 했고, 드라마 <도깨비>에서 공유가 9년을 걸었다는

눈밭 같기도 했다. 앞이 보이지 않아 내 몸이 붕 떠 있는 느낌이 들었고, 토할 것같이 메스꺼웠다.

천천히 내려가던 나는 길을 잘못 들어서 절벽 아래로 떨어졌다. 이곳에는 펜스가 설치되어 있지 않았다. 하지만 다행히 내가 떨어진 절벽은 그렇게 가파르지 않았다. 스키를 벗고 나를 구하러 온 대장님 손을 잡았다. 대장님이 나를 위로 잡아 올렸고, 나는 발로 눈을 차며 겨우 올라왔다.

이날 스키를 타다가 이렇게 세 번이나 절벽 아래로 떨어졌고, 그때마다 스릴 영화는 반복되었다. 아마 이곳에 혼자 있었다면 거기에 그대로 주저앉아 119 구조대가 올 때까지 기다렸을 것이다. 그 뒤로 다시는 중급 슬로프에 올라가지 않겠다고 다짐했다.

이날 이후 스키 타기를 아예 관두었다. 나와 비슷한 친구들이 두 명 더 있었으니, 바로 승환이와 민수였다. 우리들은 모두 슬로프 중간에 있는 바위에 멈춰 서서 각자 풍경 감상 및 예술 활동을 했다.

 ## 바위에 누워 관찰한 타트라산

- 산에 눈이 덮인 모습이 하얀 생크림을 곱게 바른 생크림 케이크를 연상시킨다. 슬로프에만 인공 눈을 뿌린 우리나라 스키장과는 차원이 다르게 진짜 '설산'이라는 것을 느낄 수 있었다.
- 눈을 핥으면 장에 효과가 좋다는 유산균 가루 맛이 날 것 같다. 하지만 직접 눈을 맛본 준휘 말에 따르면 쓴맛이 난다고 한다.
- 산의 나무들은 정말 얇고 곧게 뻗어 있다. 사람으로 치면 예쁜 다리를 가지고 있는 것이다. 가지는 사방으로 뻗어 있는데 옷을 걸거나 빨래를 널기 딱 좋은 각도다. 나뭇잎은 자세히 보면 송충

이를 닮았고 대부분 초록색인데 드문드문 주황색도 있다. 나무 줄기와 가지에는 죽염 치약을 발라 놓은 것같이 푸르스름한 이 끼가 끼어 있다.

• 나무들이 옹기종기 모여 있는 곳도 있고 뭉텅이로 잘려서 바 닥에 내팽개쳐진 곳도 있다. 스키장을 만들려고 거대 벌목을 한 흔적인 것 같다. 리프트가 지나다니는 길에는 눈 더미 속에 파묻

힌 가지들과 덤불들이 보이는데 정말 생기 없어 보인다. 땅에 온전히 묻히지 못한 시체들을 보는 느낌이다.

• 산 정상은 구름에 닿아 있다. 산이 높은 건지 구름이 낮은 건지 모르겠다. 뿌연 구름 때문에 산봉우리가 잘 보이지 않는다. 산 중간중간에 연기가 모락모락 피어오르는 것을 볼 수 있는데 진짜 연기인지 아니면 눈보라가 일어 연기처럼 보이는 건지 알 수 없다.

• 나무들 사이에 거대한 바위가 있는 곳도 있다. 암벽 등반가라면 한번 올라가 볼 만한 멋있는 바위다.

• 녹은 눈으로 추측되는 물이 바위들 사이로 흘러 리프트가 설치된 길 아래까지 내려온다. 물이 졸졸졸 흐르는 소리가 봄이 왔음을 알려 준다. 이런 봄 날씨에도 스키장을 운영하는 이 스키장이 무척 기이하게 느껴진다.

스키장에서 꼭 스키를 타라는 법은 없다는 걸 왜 이제야 알았을까. 나는 승환이의 <걱정 말아요, 그대> 기타 연주를 들으며 평온하고 즐겁게 명상과 관찰의 시간을 가졌다. 3주에 걸친 풍경 감상을 통해 누구보다 스키장 주변 자연환경에 대해 잘 알게 되었고, 스키 잘 타는 사람들의 폼을 열심히 관찰해 스키를 잘 탄다는 것은 무엇인지 이론상으로 이해할 수 있게 되었다. 기껏 돈을 들여 열심히 스키를 가르쳐 준 아빠께는 죄송하지만, 나는 스키와 어울리지 않는다. 스키를 타지 않고 스키장을 즐길 수 있는 진짜 참신한 방법을 이젠 알아 버렸다.

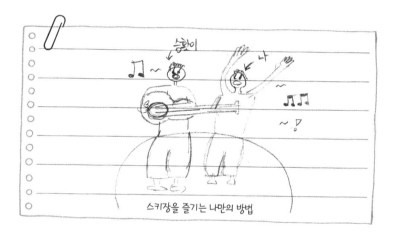

스키장을 즐기는 나만의 방법

짐이 되어 버리다

중학교에 다닐 때, 나는 내 등판보다 넓고 돌덩이보다 무거운 책가 방을 메고 다녔다. 그것도 모자라 양손에는 종이 가방과 보조 가방을 서너 개씩 주렁주렁 매달고 다녔으니, 이를 본 친구들이 내가 '학교에 가는 건지, 이사를 가는 건지' 분간하지 못한 것은 당연한 일이었다.

교과서 다섯 권, 문제집 서너 권, 공책 너덧 권, 영어 단어장, 필기 도구, 가위, 풀, 테이프, 포스트잇 같은 각종 문구류, 비상식량용 간식, 보온병, 체육복, 실내화. 언제나 부족한 것보다 유비무환인 상태가 낫다는 내 신념 덕분에 가방은 무겁지만 완벽하게 갖춰져 있었다. 그래서 학생보다 봇짐장수 모양새와 더 비슷했다. 가방을 멜 때는 언제나 휘청휘청했지만, 중학교 3년간 누구의 도움 없이 가방을 메고 학교에서 학원으로, 학원에서 집으로 잘도 다녔다.

'10킬로그램쯤이야, 뭐. 평소에 갖고 다니던 가방이랑 비슷하지 않겠어?'

그래서 여행을 시작할 때 가방에 대한 걱정이나 두려움은 전혀 없었다. 가뿐히까지는 아니더라도 그럭저럭 내 어깨가 잘 버텨 주리라 믿었다. 나는 준비물 리스트에 적혀 있던 옷보다 더 많은 여벌 옷과 외투를 챙겼다. 여행하다 보면 부족할 수도 있고, 비상사태가 발생할 수도 있다는 생각에 치약과 칫솔, 볼펜심, 샤프심도 하나씩 더 챙겼고, 운동을 위한 줄넘기, 혹시 어두운 곳에서 공부를 하게 될 경우 사용할 미니 스탠드, 배탈이나 감기, 위염, 변비를 대비한 상비약 등 생각나는 것은 모두 배낭에 쑤셔 넣었다. 이런 철저한 준비는 배낭을 앞뒤 양옆으로 불어나게 했다. 큰 배낭 10.8킬로그램, 보조 배낭 5킬로그램. 내가 집을 떠나던 날 쟀던 배낭 무게다. 시험 삼아 배낭을 약 1분 동안 메 보고 '무겁지만 나쁘지 않다'라고 결론 내렸다.

여행을 떠나는 날, 배낭과 각종 짐을 자동차에 실어 공항에 갔고, 공항에 도착해서는 카트에 실어 짐 부치는 곳까지 이동해 모두 수하물로 부쳤다. 그러고는 중국 베이징 국제공항을 거쳐 헝가리 공항에 도착할 때까지 보조 배낭만 멨다. 커피와 티백을 갖고 온 민석이를 보며 그걸 안 챙겼다고 후회했으니, 그때까지는 아주 천진난만했다고 할 수 있다.

내가 진짜 내 짐의 무게를 알게 된 것은 헝가리 공항에서 큰 배낭을 찾은 다음이었다. 우리는 각자 큰 배낭을 뒤에, 보조 배낭을 앞에 메고 숙소로 걸어서 이동할 계획이었다. 그런데 이상하게도 내 큰 배낭이 들어 올려지지 않았다. 다른 아이들은 다 후딱 메고 선생님을 따라 나가는데 나 혼자만 배낭을 못 메서 쩔쩔맸다.

'뭐가 문제지?'

나는 그제야 집에서는 엄마가 배낭 메는 것을 도와줬다는 사실을 깨달았다. 나 혼자서 배낭을 메 본 적이 없었던 것이다. 다행히 정우의 도움을 받아 겨우 배낭을 멜 수 있었다. 정우는 내 손에 들려 있던 소고에 고리를 달아 배낭에 달아 주었고, 배낭을 들어 올려 배낭을 멜 수 있게 도와주었다. 배낭 하나 메는 데도 어찌나 기가 빠지던지. 하지만 이것은 배낭과의 싸움에서 시작에 불과했다.

1분간 배낭을 메 보고 '이 정도쯤이야' 하고 의기양양해한 과거의 나를 떠올리며 코웃음을 쳤다. 배낭을 메고 30분을 걷는다는 건 그냥 한 번 들었다 놓는 것과는 다른 문제였다. 게다가 15.8킬로그램은 교과서 몇 권과 차원이 다른 무게였다. 걷는 것만으로도 힘이 빠지는데, 그 위에 누가 올라탔다고 생각해 보길. 점점 더 세게 어깨를 내리누르는 배낭 무게에 못 이겨 눈사람 녹듯 당장이라도 녹아 버릴 것만 같았다. 숨을 들이쉴 때는 숨이 배낭을 들어 올리고, 숨을 내쉴 때는 숨과 함께 배낭이 어깨에 턱 하고 내려앉는 느낌이었다. 하지만 배낭을 내려놓을 수도, 다른 사람에게 도움을 요청할 수도, 힘들다고 칭얼댈 수도 없었다. 모두가 나와 똑같은, 혹은 나보다 더 많은 짐을 들고 있었기 때문이다.

나는 몰락한 양반이 과거를 돌아보듯 이틀 전의 나, 왕궁 속 공주처럼 힘든 일은 남이 다 해 주던 과거의 나를 돌아보며 변해 버린 신세를 한탄했다. 그렇다. 나는 이제 왕궁 속 공주도, 새장 속 작은 새도 아니었다. 낯선 땅에 홀로 남겨진 이방인이었다. 그날 오직 '살아야 한다'는 생각으로 가방에 매달려 겨우 숙소까지 걸어갔다.

나에게 화가 나다

우크라이나 리비브로 이동하는 날, 아마 그날이 배낭과의 싸움에서 절정을 이룬 날이었을 것이다. 전날 저녁부터 슬슬 아프기 시작한 목이 따끔거리고 머리가 지끈지끈하고 몸이 무거웠다. 아이들이 돌아가면서 한 명씩 아프더니 이번엔 내 차례구나 싶었다. 가만히 앉아 있는 것도 힘든데, 하필 이동하는 날 아플 게 뭐람. 배낭을 메고 걸을 생각만 해도 식은땀이 흘렀다. 여행을 시작한 지 딱 한 달이 되는 날이었고, 짐을 들고 걷는 세 번째 날이었다. 아직은 모두 이동에 서툴렀다.

'12시까지 가방 다 빼놓고 밖에서 대기할 것.'

써니쌤께서 아침부터 공지했지만, 제 시간에 맞춰 준비한 사람은 아무도 없었다. 배낭을 메지도 못하고 질질 끌고 내려갔을 때가 이미 12시 10분이었다.

"시간 공지한 게 몇 신데, 아직까지 준비를 안 한 거야? 정신 안

차려?"

써니쌤의 꾸중이 계속되었다. 몸이 아팠던 터라 나는 더 속상하고 서운했다.

싸늘한 분위기 속에서 다른 아이들은 조용히 배낭을 메고 밖으로 나가고 또 나 혼자만 남았다. 도저히 도와 달라는 말을 할 수가 없었다. 혼자서 바위에 계란을 치듯, 움직이지도 않는 배낭을 끌어당기다 혼자 나자빠졌다. 얼굴이 화끈 달아올랐다. 맨 뒤에 있던 해인쌤이 나를 발견하고 배낭 메는 것을 도와주었다. 진짜 부끄럽고 미안했다.

목적지는 버스 터미널이었다. 우리는 버스를 타고 우크라이나로 이동할 예정이었다. 이곳으로 넘어올 때 버스 정류장에서 숙소까지 걸었던 길을 떠올려 보니 상당히 멀었다. 눈앞이 캄캄해졌다. 보조 배낭은 몸을 앞으로 끌어당기고 큰 배낭은 뒤로 잡아당기고 그 와중에 내 몸은 어느 한쪽도 어찌하지 못하고 휘청휘청했다.

서둘러 나오느라 배낭의 허리끈을 채우지 못해 온전히 어깨로만 배낭 무게를 버텨야 했다. 이루 말할 수 없는 고통이었다. 아는 표현을 모두 활용해 설명하자면 — 눈을 바늘로 찔리는 듯한 고통, 몸을 뜨거운 물에 팔팔 끓이는 듯한 고통, 사지가 찢기는 듯한 고통 — 내가 아는 최악의 고통들과 맞먹었다.

앞의 대열이 너무나 빨리 걸어가 길을 잃을까 봐 겁이 났다. 눈물이 나왔지만 울면 힘이 더 빠질까 봐 꾹 참았다. 하지만 입에서 나오는 비명소리는 어쩌지 못했다. 정신이 돌아가 버릴 것만 같았다. 체력도 약하고 운동도 못한다던 민수도 나보다 앞서서 잘 가는데, 초등학생 세훈이도 저렇게 잘 가는데, 왜 나는 안 될까. 나 자신에게 화가 났다. 걷는데 갑자기 죽음에 대한 생각들이 막 떠올랐다. 그동안 내가 죽음을 너무 쉽게 여겼다는 생각이 들었다. 지금의 고통도 이 정도인데, 죽을 때의 그 고통은 어떨까. 두려워졌다.

터미널 입구에 거의 다다랐을 때, 동군이가 뛰어왔다. 자기는 배낭을 이미 두고 왔으니 내 배낭을 들어 주겠다는 것이었다. 그런 다음에는 호근이가 뛰어왔다. 내 보조 배낭을 들어 주겠다고. 그렇게 나는 빈 몸이 되었다. 그제야 내 뺨에 눈물이 주르륵 흘러내렸다. 너무 힘들었는 데다 너무 고맙고, 또 너무 미안해서였다.

나는 버스 터미널에 도착하자마자 쓰러졌다. 써니쌤은 바닥에 매트를 깔아 주셨고 대장님은 가장 아끼는 스카프를 덮어 주셨다. 다른 아이들도 살금살금 와서 스카프 위에 겉옷을 하나씩 덮어 주었다. 얼굴에는 모자도 덮어 주었다. 연착한 버스를 기다리는 여섯 시간 동안, 모두들 지치고 힘들었을 텐데도 아이들은 나를 배려해 주었다.

우리는 새벽 3시에 우크라이나에 도착했다. 숙소는 버스 정류장에서부터 5킬로미터 거리에 있었다. 지도에는 걸어서 한 시간이라고 나와 있었다. 대장님이 내 큰 가방을 들어 준다고 하시는데, 차마 내가 들겠다고 사양하지 못했다. 한 시간 동안 뒤처지지 않고 짐을 감당할 자신이 없었다. 누군가는 써니쌤의 짐을 하나 더 들겠다고 하고, 기타를, 북을 하나 더 메겠다고, 공동 짐을 더 챙기겠다고 달려드는데, 나는 내 짐도 하나 못 들어서 남에게 넘겨준 것이다. 내 존재가 '짐' 그 자체가 되었다.

그날 나는 내 짐을 대장님께 맡긴 채 기타 하나만 달랑 메고 걸으면서 걸음걸음마다 결심하고 또 결심했다.

'더 이상은 짐이 될 수 없다.'

'하반하 사람들에게 꼭 오늘의 은혜를 갚겠노라.'

이 사건 이후부터 팀 활동을 할 때도 의견을 낼 때도 더 이상 큰소리를 낼 수가 없었다. 행동하지 못하는 사람의 말에는 더 이상 힘이 없다는 것을 깨달았다.

대한민국　　　　　헝가리　　　　　슬로바키아　　　　　**우크라이나**

2부

하반하에서
살아남기

터키   이집트   대한민국

신데렐라로 살기

힘겨웠던 이동을 마치고 우크라이나의 숙소에 도착한 날 아침, 써니쌤이 나를 불렀다.

"너는 공부하지 말고 앞으로 신데렐라 해."

신데렐라란 단어, 독해, 일기 등의 필수 과목 공부를 안 하고 식사 준비, 설거지, 장보기 등의 워커 일만 하루 종일 하는 것을 말한다. 이것은 일종의 벌이다. 체력이 부족해서 제대로 이동하지 못한 것에 대한 벌. 일을 해서 혼자 배낭을 들 수 있을 만큼 튼튼해질 때까지 체력을 키우는 것으로 내 지난 행동에 대한 책임을 져야 했다. '튼튼해질 때까지'라는 불명확한 약정 기간은 영구직 신데렐라가 될 수도 있음을 뜻했다. 나는 마음을 단단히 먹고 이참에 열심히 일을 배워 보기로 결심했다.

매일 아침 운동이 끝나면 마트에 가서 민승쌤과 아침 장을 봤다. 갓 나온 따끈한 빵과 우유, 시리얼, 잼, 달걀, 샐러드로 먹을 양배추 등등. 물론 집에서 하던 것처럼 좋아 보이는 것을 아무거나 대충 골라 담는 것이 아니었다. 한정된 자원 안에서 고민하고 또 고민했다. 가장 싸고 가장 좋은 것은 수고로이 모든 물건의 가격과 양과 품질을 꼼꼼히 따져 봐야 나타났다. 그렇게 열심히 물건을 고른 뒤에도 다른 코너에서 더 가성비가 좋은 물건을 찾으면 그 즉시 교체되었으므로 최고의 물건들만 우리 카트에서 살아남을 수 있었다.

매일 장을 보면서 생긴 습관이 있다면 밥을 먹은 뒤 냉장고를 열어 보는 것이었다. 잼이 얼마나 남았는지, 달걀이 얼마나 남았는지를 확인하려고 냉장고 안을 수시로 들여다봤다. 그렇게 해야 시장에 갔을 때 필요한 것을 살 수 있었다.

빵이 식기 전에 배달을 하려고 마트에서 계산을 끝내는 즉시 장바구니를 양쪽 어깨에 메고 달렸다. 장바구니에서 올라오는 뜨끈한 빵의 구수한 냄새가 코끝을 자극했지만, 식구들 입에 들어가기 전에 혼자 먹을 수는 없는 터. 침을 꿀꺽꿀꺽 삼키며 걸음을 재촉했다.

철길을 따라 10분을 달려 숙소에 도착하면 아이들이 문 앞에서 기다리고 있었다. 이어달리기 바통을 넘기듯 얼른 아이들에게 빵을 건넨 뒤 거실 소파에 드러누웠다. 아침을 먹을 때는 이미 온몸에 힘이 빠져 정신이 몽롱하고 피곤했지만, 아이들 입에 빵이 들어가는 모습을 보면 뿌듯하고 기뻤다. 밥 먹는 아이들을 보는 엄마의 기분이랄까? 내가 다른 사람들을 위해 무언가 했다는 사실만으로도 그 어느 때보다 배부른 아침 식사를 하곤 했다.

저녁에는 장을 보러 더 큰 마트에 가기도 했다. 고기 10킬로그램, 배추 여섯 포기, 양파 한 자루. 우리 집에서는 여섯 달 이상 쟁여 놓고 먹을 양을 하반하에서는 한 끼 식사로 샀다. 그동안 가늠하지조차 못해 본 어마어마한 양의 재료를 카트에 담으며 24명이 함께 식사를 한다는 것이 얼마나 위대한 일인지 느꼈다.

진짜 신데렐라라면 계모와 언니들 아래에서 구박을 받으며 쉴 새 없이 일을 해야겠지만 이은재 신데렐라께서는 성격이 어찌나 활달

갓 구운 빵의
온기가 느껴져!

우크라이나 마트에도
거울이 많아!!

하신지 일하다 말고 혼자 이곳저곳 구경하느라 들뜨셨다.

내가 신데렐라 일을 하며 계모들 몰래 우크라이나 시장에서 발굴한 재미있는 사실들이 있다.

 ## 우크라이나 마트에서 발견한 사실들

1. 우크라이나에서도 만두를 먹는다!

나는 우리나라 중국 같은 동아시아에서만 만두를 먹는 줄 알았는데, 우크라이나에도 만두가 있었다. 하얀색 만두는 우리나라 물만두와 비슷하게 생겼고, 초록색 만두는 찐빵을 작게 줄인 것처럼 동글동글하다.

2. 우크라이나 사람들은 토끼 고기를 즐겨 먹는다.

정육점에 진열된 고기가 당연히 소고기 혹은 돼지고기인 줄 알았는데, 토끼 고기였다!! 얼마나 토끼 고기를 좋아하면 토끼 통조림까지 있을까.

3. 우크라이나 시장에는 비닐뿐만 아니라 비닐장갑도 걸려 있다.

비닐을 뒤집어서 음식을 집고 바로 비닐에 넣으면 될 텐데 굳이 비닐장갑을 사용하는 이유가 있을까 싶었다. 어쩌면 우크라이나 사람들은 그 방법을 모르는 것일지도?

이 밖에 우크라이나에도 하기스 매직팬티가 있다는 사실, 우크라이나 사람들도 미역 줄기를 먹는다는 사실, 우리나라에선 본 적 없는 체리 콜라가 존재한다는 사실 등을 알아냈다. 사실 별것 아니지만, 하나하나가 어찌나 신기하고 재미있던지 마치 엄청나게 대단하고, 결정적인 단서를 얻은 사람처럼 기뻤다.

평소 같으면 짐을 들 힘이 없다는 이유로 시장 워커로 뽑히지 못했을 텐데, 신데렐라 덕분에 시장 구경을 하는 특혜를 누릴 수 있었다. 그리고 '어느 나라든 그 나라에 대해 잘 알려면 시장에 가 봐야 한다'는 크나큰 깨달음도 함께 얻었다.

나는 하반하에 가기 전까지 한 번도 라면을 냄비에 끓여 본 적이 없었다. 이런 내가 신데렐라 일을 시작한 첫날 받은 임무가 바로 아침 식사용 라면 끓이기였다. 이를 어쩌나. 1인분이었다면 대충 끓여서 못나면 못난 대로, 맛없으면 맛없는 대로 혼자 먹었을 텐데.

봉지에 적힌 설명을 거듭 읽으며 어설프게 라면 봉지를 막 뜯고 있는데 이런 내 모습을 본 정우가 불안했는지 내 손에 있던 라면 봉지를 낚아채 갔다.

"내가 끓일게."

차마 내가 끓이겠다고 할 수 없었다. 괜히 잘못 끓였다간 모두가 쫄쫄 굶게 될지도 몰랐다. 그렇게 꺼내 보지도 못한 라면을 정우에게 넘겨줄 수밖에 없었고, 정우가 라면을 끓이는 동안 그 빠른 손놀림을 멍하니 지켜만 보았다.

배낭도 혼자 못 메고, 라면도 혼자 못 끓이다니. 이날 내가 얼마나 무능력한 존재인지를 깨달았다. 그러고는 아주 작은 일이라도 내가 잘 맡아서 할 수 있는 일을 만들어야겠다고 생각했다. 그날부터 채소 씻기와 다듬기의 전문가 되는 것을 목표로, 신데렐라 일을 하며 배운 팁들을 잊지 않게 일기장에 적기 시작했다.

내 예민한 미각과 뛰어난 감수성을 활용해 대장님과 함께 만든 저녁 요리에 이름을 붙이기도 했다. '먹다 보면 학창 시절 어머니가 자주 싸 주시던 소시지 도시락 반찬이 떠올라 눈물이 울컥 차오르는 소시지 케찹 볶음'이라든가 '버섯즙을 베이스로 뜨거운 야채와 단호박을 곁들인 닭고기와 갈비', '입에 넣자마자 육즙이 터져 나와 입 안이 흥건해지는 느끼느끼 삼겹살' 같은 이름을 지어 붙였다.

 신데렐라의 하루 일상

1. 아침 운동이 끝난 뒤 장을 보고 돌아와서 아침상을 차린다.

2. 아침을 다 먹은 다음에는 남은 음식 정리와 설거지를 한다. 설거지를 마치고 나면 이미 오전 시간은 후루루룩 가 버린다.

3. 잠깐 쉬려고 하면 벌써 저녁 식사를 준비할 시간이다. 오후 3시 반, 이때부터 양파를 까거나 마늘 다지는 일을 시작하고, 5시가 조금 넘으면 밥을 안친다. 6시부터는 상을 정리하고, 음식을 나를 준비를 한다.

4. 저녁을 먹은 뒤에는 다시 저녁 설거지. 이 모든 일을 마치고

나면 하루가 끝난다.

　매일 일을 하다 보니 양파 까기 등 각종 채소 씻기와 다듬기에 조금씩 능숙해졌다. 또 그릇을 어디에 정리해 두면 되는지, 걸레가 어디 있는지, 쓰레기 처리는 어떻게 해야 하는지 등 부엌 일에 관해서라면 누구보다 잘 알게 되었다. 덕분에 일주일에 한 번씩 돌아가며 워커 일을 하는 다른 아이들에게 어떤 일을 해야 하는지 지시하고 설명해 주는 워커장의 역할도 했다.

　물론 이렇게 되기까지 고비가 여러 번 있었다. 하루 종일 일을 하고 나면 녹초가 되어서 쓰러질 지경이었다. 요리나 설거지를 빼먹고 싶을 때도 정말 많았다. 하지만 그렇게 일을 하고 나면 보람이

있었기에 신데렐라 직무에 맞게 열심히 일하고 또 일했다.

이렇게 일을 한 지 거의 두 달이 되어 가던 어느 날, 써니쌤이 또 한 번 나를 조용히 부르셨다.

"이제 체력을 많이 길렀으니 신데렐라 일을 마치고 일상으로 복귀해도 될 것 같구나."

이 말은 스승이 절에서 도를 닦던 제자에게 '이제는 세상에 나가라' 하는 것과 아주 비슷한 말이었다.

'이제는 신데렐라를 마치고 평범한 일상으로 돌아가 너의 꿈을 펼쳐라.'

이로써 나는 두 달 동안의 극한 신데렐라 수련을 마치고 다시 하반하 정규 시스템에 복귀할 수 있었다.

워커 일을 통해 배운 꿀팁 2
초보 워커의 음식 만들기

스파게티 만들기
1. 양파 껍질을 깔 때는 양파의 매끈한 부분이 나올 때까지 껍질을 벗긴 뒤

뿌리를 칼로 잘라 낸다.

2. 마늘을 다질 때는 마늘을 얇게 썬 뒤, 칼 손잡이 뒷부분을 이용해 두드려 으깬다.

3. 스파게티 면을 삶을 때는 면을 막 휘젓지 말고, 아래쪽에서 위쪽으로 덮어 주듯이 면을 삶는다(흰 물이 나오면 반죽이 풀어진 것이므로 조심히 삶아야 한다).

4. 면이 적당히 익으면 살짝 찬물을 부어 면의 탱탱함을 살린다. 마지막으로 오일을 살짝 뿌린다.

밥 짓기

1. 쌀을 냄비에 담아 3~4번 물로 씻는다(쌀이 흘러 나가지 않게 물을 버릴 때 손으로 잘 막는다).

2. 씻은 쌀을 냄비에 넣고 물을 넣는다. 보통 손등 중간까지 물을 넣는다(쌀이 단단할 경우 물을 많이 먹는 쌀이므로 이때는 물을 조금 더 많이 넣는다).

3. 센 불로 가열한다.

4. 부글부글 끓으면서 거품이 올라오다가 다시 거품이 줄며 '빠지직' 소리가 나면 불을 줄인다.

5. 밥이 다 되면 숟가락이 아닌 '젓가락'으로 밥을 몇 번 젓는다(공기가 통하도록). 이때 밥이 뭉개지지 않도록 조심해야 한다(특히 볶음밥을 할 때는 '밥알'이 '생명'이다).

진정한 여행자란?
;짐 버리기와 짐 싸기

이동하는 날이 다시 돌아왔다. 끔찍했던 지난 이동을 떠올리면 먼저 숨이 막히고, 머리가 어지러웠다. 지난 이동 때 방망이에 짓이겨지는 마늘처럼 배낭에 짓눌려 몸이 바스러지는 듯했다. 다시는 그날의 역사를 반복하고 싶지 않았다. 또 한 번 그렇게 배낭을 멨다가는 가루가 될지도 몰랐다.

이동을 하루 앞두고 배낭의 무게를 대폭 줄이기로 결심했다. 무거운 배낭을 들 수 있을 만큼 힘을 기르는 것보다 내가 들 수 있을 정도로 배낭을 가볍게 만드는 것이 더 현실성 있다는 판단에서였다. '혹시 모르니까', '아까우니까', '만약을 위해' 같은 말은 더 이상 철저한 준비성, 유비무환이 아니라 '괜한 오지랖', '미련함'이었다. 혼자 배낭도 제대로 못 메고, 뒤처져서 다른 사람들에게 피해를 주는 마당에 내 것은 하나도 포기하지 않겠다는 것은 너무 이기적인 생각이었다.

나는 배낭에 있던 물건을 전부 꺼내서 버릴 것과 살려 둘 것으로 과감히 나누었다. 가장 먼저 눈에 띈 것은 한 달치 소화제. 집에 있을 때 매일같이 소화 불량으로 고생을 해서 따로 챙겨 온 것이었다. 그런데 이걸 드느라 체하는 것보다는 이걸 버리고 가볍게 소화를 시키는 것이 낫겠다는 생각이 들었다. 그래서 약을 전부 대장님께 드렸다.

다음은 고글과 장갑. 슬로바키아에서부터 아까워서 계속 버리지 못한 것이었다. 나는 이것을 우크라이나에서 사귄 친구 카텔리나에게 이별 선물로 주기로 했다. 영어를 잘하는 카텔리나 덕분에 우크라이나에 대해 많이 알 수 있었다. 우크라이나에도 눈이 온다고 하니 나중에 스키장 갈 때 쓰면 될 것 같았다. 다행히 장갑도, 고글도 카텔리나에게 잘 맞았고, 카텔리나가 매우 좋아했다.

　스키 양말은 해인쌤께 드렸다. 이런 두꺼운 양말은 나중에 운동할 때 신어도 된다고 해서 버리려다가 다시 갖고 다녔는데, 해인쌤이 지난번에 이런 양말이 좋다고 얘기한 것이 기억나 바로 양도했다. 아빠가 나의 장을 위해 사 준 유산균 30봉은 하반하 친구들에게 하나씩 나눠 주었다. 함께 장 건강을 위해 힘쓰자는 뜻에서.

아까워서 꽁꽁 싸매고 다닌 물건들도 상당 부분 나누었다. 물건을 하나씩 나눌 때마다 짐의 무게가 그만큼 줄어든다고 생각하니 물건에 대한 미련은 금세 사라졌다. 친구들에게 유산균을 나누어 주며 화장실에서 시원하게 일을 보고 난 뒤의 가뿐함 못지않은 엄청난 가뿐함을 느꼈다. 버리는 것은 챙기는 것만큼 중독되는 일이어서 버릴수록 더 버려서 배낭을 더 가볍게 만들고 싶었다. 엄마가 대청소를 한번 시작하면 왜 그렇게 집에 있는 물건들을 몽땅 다 버리고 싶어 했는지 이제야 이해가 되었다. 더 버리면 몸이 날아갈 듯이 가벼워지고, 깨끗해지고, 시원해질 것 같은 느낌. 그런 느낌 때문에 배낭을 통째로 버리고 싶은 충동까지 느꼈다. 하지만 배낭을 탈탈 털다가 등장한 스키복 윗도리를 보고는 정신이 들었다. 스키복 윗도리는 나를 매서운 추위로부터 보호해 줄 유일한 방패였다.

'이것까지 버리면 앞으로 의지할 곳 없는 성냥팔이 소녀처럼 추워서 꼼짝도 못 할 거야.'

간신히 더 버리고 싶은 마음을 누르고 이쯤에서 배낭 정리를 마무리했다. 마음의 준비가 되면 앞으로 차근차근 더 버리기로 했다. 내 배낭 무게는 7분의 1 이상 줄어들었다.

여행을 떠나기 전, 어디에 뭘 넣었는지를 잊어버릴까 봐 배낭 구조도를 그려 배낭 앞주머니에 넣어 두었다. 여행 출발 전에 워낙 고생을 하며 배낭에 물건을 겨우겨우 구겨 넣었던 터라, 여행 초반에는 웬만하면 가방에서 물건을 꺼내지 않는 것을 원칙으로 했다. 한번 꺼내면 나중에 다시 넣는 데 된통 고생할 것이 뻔했기 때문이다. 그래서 슬로바키아에서부터 줄곧 잠자는 아기의 이불을 슬쩍 들춰 보듯 살며시 필통 하나만 쏙, 손톱깎이 하나만 쏙 빼서 쓰곤 했다. 배낭의 구조와 형태가 절대 바뀌지 않도록 말이다. 설령 갖고 있는 물건이라도 배낭 깊숙이 있으면 절대 꺼내지 않고 다른 사람에게 빌려 썼다. 이런 지독한 방법으로 우크라이나에 도착할 때까지 처음 짐을 싼 그대로 배낭을 유지할 수 있었다.

하지만 지난 이동에서 내 배낭에 문제가 있다는 것을 느꼈다.

 내 배낭의 문제

1. 내 배낭은 울퉁불퉁했다. 그 말은 즉 물건이 차곡차곡 쌓여 있지 않아 배낭에 빈 공간이 있다는 뜻이었다. 내 배낭은 물건들이 불룩 튀어 나와 있었고, 버클도 제대로 채워지지 않았다. 잘 싼

배낭은 스스로 설 수 있을 만큼 균형이 잡혀 있어야 하는데, 내 것은 자꾸 한쪽으로 기울어졌다.

2. 무거운 물건과 가벼운 물건이 뒤죽박죽 아무렇게나 들어 있었다. 최대한 효율적으로 배낭을 싸야 배낭의 체감 무게도 줄어드는데, 내 것은 오히려 더 무겁게 느껴질 수 있었다.

3. 내가 내 배낭에 뭐가 들어 있는지를 정확히 모르고 있었다. 잘 안 꺼내다 보니 방치되어 있는 물건들이 많았고, 또 물건을 잃어버려도 잃어버렸는지 알아채지 못했다.

나는 배낭을 끌고 대장님께 찾아가 제대로 배낭 싸는 법을 배우기로 했다.

 ## 대장님께 배운 짐 싸는 법

1. 가볍고 부피가 많이 나가는 것부터 시작해, 위로 올라갈수록 무거운 짐을 넣는다.

2. 등에 가까운 곳에 무거운 짐을 넣는다. 바깥 주머니에는 최대한 아무것도 넣지 않는다. 번호 순서대로 무거운 것을 넣는다.

3. 가방 주변의 끈들은 모두 제대로 조이고 꼭 멘다. 이렇게 하면
가방을 단단하게 압축할 수 있다.

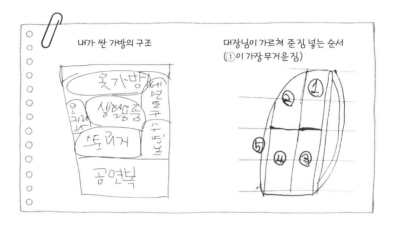

나는 배낭에 있던 물건을 전부 꺼내서 대장님이 알려 준 대로 다
시 차곡차곡 넣었다. 내가 특별히 터득한 비법이 있다면 마치 쓰레
기통에 쓰레기를 발로 꾹꾹 밟아 넣듯이 짐을 아주 꾹꾹 눌러 넣으
면 빈 공간을 최대한 줄일 수 있다는 것과 배낭 사이사이에 길쭉하
고, 얇은 것을 꽂으면 공간 활용에 좋다는 것이다. 슬리퍼 같은 것도
두 짝을 같이 비닐에 넣어서 배낭에 넣는 것보다 더러운 바닥 면에

만 휴지를 덮은 뒤 한 짝씩 따로 배낭 틈틈이 넣어 주는 것이 훨씬 좋다. 가방 주변에 물건을 주렁주렁 달고 다니거나(이를 테면 침낭 같은 것) 손에 물건을 들고 다니면 정신이 없을 때 잃어버릴 가능성이 크므로 모든 물건은 무조건 가방 안에 넣는다.

 배낭 메는 법(내려놓을 때는 반대로)

1. 배낭을 멜 때는 오른쪽 어깨에 먼저 끈을 메고 가방을 들어 올린 뒤 늘어져 있는 왼쪽 끈을 어깨에 멘다.
2. 끈을 몸에 꼭 맞게 조인다.
3. 이때 살짝 뛰면서 조이면 팔 힘이 덜 든다.
4. 몸을 흔들어 봤을 때 가방이 어느 한쪽으로도 기울지 않도록 양쪽 끈의 길이를 똑같이 잘 맞춘다.

나는 배낭 메는 것을 몇 번씩 연습했다. 서서 배낭을 드는 것은 아무래도 무리가 있어서 무릎을 꿇고 배낭을 멘 뒤 무릎으로 바닥을 밀고 일어서는 연습을 했다. 허리끈을 꽉 조이는 것도 해 봤다. 이전에는 가방을 멘 상태에서 허리끈을 채우는 것이 어려워서 채우지 않은 상태로 이동을 했는데, 그렇게 하니 배낭의 무게가 어깨에만 실려 더 힘들다는 것을 알았다. 폴짝폴짝 뛰면서 허리끈을 꽉 조여 허리로도 가방을 지탱할 수 있도록 했다.

우리가 이동할 거리를 미리 대장님께 여쭤 봤다. 몇 킬로미터를 몇 시간 동안 걷는지. 너무 멀다면 혼자 먼저 출발할 생각까지도 했다. 물론 길을 모른다는 아주 치명적인 이유로 불가능했지만, 적어도 마음의 준비를 할 수 있었다.

나는 자기 전에 한 번, 아침에 일어나서 한 번, 출발 직전에 한 번 부디 이동을 잘 마칠 수 있게 해 달라고 기도했다(사실 나는 그렇게 독실한 크리스천은 아니다. 교회도 잘 빠진다. 하지만 일상생활 속에서 어려운 일이 있을 때는 이상하게도 그렇게 열심히 기도를 한다).

다행히도 이번 이동 거리는 짧았다. 물건을 많이 버려서 그런지, 배낭을 잘 싸서 그런지, 배낭 메는 연습을 많이 해서 그런지 아주 편안하게 걸었다. 지난 이동이 최악의 이동이었다면, 우크라이나 리비브에서 오데싸로의 이동은 모든 이동을 통틀어 가장 가볍고 가뿐했다.

'네 자신을 알라, 이은재. 너는 15킬로그램을 가뿐히 들 만큼 튼튼

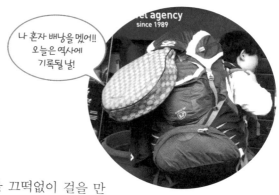

하지도, 한 시간을 끄떡없이 걸을 만

큼 체력이 좋지도 않다. 이은재, 너는 나약한 존재다.'

　나는 약도, 양말도, 유산균도 모두 부질없다는 것을 알았다. 일단 살고 봐야지. 내 물건들과 조금 가벼운 짐 중에서 '가벼운 짐'을 택했고 그것은 현명한 선택이었다. 진정한 여행자, 이동이 두려워 여행을 즐기지 못하는 여행자 말고, 이동까지 즐길 수 있는 여행자가 되기 위해서 짐과 욕심을 버리는 일은 피할 수 없는 과정이었다. 어쩌면 악몽 같던 지난날의 이동도 내게 이런 깨우침을 주기 위해 있었는지 모른다.

짐 버리기 뒷이야기

얼마 뒤 터키 제1의 도시 이스탄불에서 바닷가 도시 페티예로 이동하던 날, 처음으로 정말 단 한 명의 도움도 없이 내 힘만으로 배낭을 멨다.

그리고 터키 페티예에서 이스탄불로 돌아오던 날은 처음으로 옷을 버려서 생긴 배낭 공간에 '공동 짐'을 넣었다. '공동 짐'이라 함은 함께 쓰는 물건을 말한다. 그동안은 내 짐만으로도 쩔쩔 매던 터라 공동 짐을 드는 것은 꿈도 못 꿨는데, 이제 나도 모두를 위해 한몫하게 되었다. 내가 든 공동 짐은 두루마리 휴지 한 개. 조금 창피하긴 했지만 그래도 뿌듯했다.

이집트에서는 반팔 한 벌을 버렸고, 준우에게 샤프와 샤프심을, 재훈이에게 볼펜과 수정액과 필통을, 지원 형님에게 린스와 양말을 줬고, 갖고 있던 매트까지 써니쌤에게 드렸다.

이렇게 여행을 하며 물건을 하나씩 모두 버렸다. 집으로 돌아오는 날, 나는 다른 것 없이 건강한 나 하나만 데리고 왔다. 반팔 두 벌, 반바지 두 벌, 속옷 몇 개가 내가 갖고 돌아온 전부다. 귀국할 때 내 배낭은 엄청난 다이어트로 비로소 5킬로그램이 되었다.

예전의 내가 아니야

여행을 시작하며 가장 걱정이 되었던 것 중 하나는 음식이었다. 가족 여행을 다닐 때에도 낯선 음식에는 절대 손을 대지 않았고 그래서 여행이 끝나면 언제나 얼굴이 핼쑥해져서 돌아왔기 때문이다.

하지만 공교롭게도 이번 여행에서 내가 만난 음식들은 앞서 걱정한 것과는 달리 모두 입에 아주 잘 맞았다. 매끼 우리나라에서보다 더 맛있게 식사를 했다.

우크라이나에서 먹은 붉은 수프라든지 터키에서 먹은 치약 맛 수프는 옛날의 나였다면 냄새만 맡고 고개를 절레절레 흔들었을 음식들이다. 하지만 이번에 직접 먹어 보니 그 수프들은 상당히 맛있었다. 이번 여행의 음식들이 내 입맛에 맞았던 이유는 그 음식들이 특별히 더 맛있어서가 아니라 편견 없이 맛보았기 때문인 것 같다. 한번 먹어 보지도 않고 싫어하는 음식일 것이라 단정 지은 음식들이 의외로 내 스타일이라는 것을 알았다. 체리와 케밥 역시 그런 음식들에 속했다.

먼저 체리. 사실 나는 체리 이전에 포도도 먹지 않은 사람이다. 껍질과 씨를 뱉어 내기 어렵다고 유치원 때부터 계속 먹기를 거부해 왔다. 체리 역시 포도와 닮은 꼴이라는 이유로 안 먹었다. 7년 전 터키에 갔을 때 아빠가 거의 매일 한 보따리씩 체리를 사 왔는데도 단 한 알도 먹지 않았다. '당연히' 내가 먹을 것이 아니라고 생각했다. 그런데 7년 만에 터키 페티예에서 또 한 번 체리와 마주하게 되었다. 식탁에 놓인 체리를 멍하니 바라만 보고 있는 내게 대장님께서 체리 여섯 알을 쥐여 주셨다. 나는 망설임 끝에 꼭지 하나를 따서 입에 넣어 봤다. 생각한 것보다 맛있었다. 과육이 내가 좋아하는 사과나 배 못지않게 달달했다. 나는 체리를 좋아한다고 결론을 내렸다. 그 이후로 터키에 머무는 동안 체리를 마구 먹었던 것 같다. 아빠가 그렇게 체리에 집착한 이유를 이제야 알았다.

다음으로 케밥. 터키에서 한 입 먹어 보고 내 스타일이 아니라고 결론 내린 뒤부터는 한 번도 입에 대지 않았다. 생각해 보니 우리나라에서 다니던 스키장에서 케밥 집을 거의 10년 넘게 보아 왔는데 그 집에서 케밥을 먹은 적이 단 한 번도 없었다. 그런데 터키에서 문득 '왜 내가 그동안 케밥을 안 먹었지?' 하는 의문이 들었다. 사실 무슨 맛인지, 왜 싫어했는지 기억조차 안 났다. 터키 케밥 집에서 케밥 먹기에 도전했다. 바삭바삭한 빵과 고기에 케찹과 마요네즈를 뿌려 먹으니 정말 맛있었다. 생각한 맛과 전혀 달랐다. 나는 케밥 하나를 깨끗이 먹어 치웠다. 그날 이래 케밥 마니아가 되었고, 다음 겨울에는 꼭 스키장 케밥 집에서 케밥을 먹어 보기로 마음먹었다.

여행을 하며 그동안 아예 먹어 보지도 않고, 무슨 맛인지도 모르면서 피한 음식들이 정말 많다는 사실을 알았다. 만일 케밥과 체리뿐만 아니라 여행하면서 만났던 모든 음식들을 낯설다고 그냥 피해 버렸다면, 아마 평생 그 맛있는 음식 맛도 모르고 살면서 나는 외국 음식을 절대 못 먹는 사람이라고 착각했을 것이다. 일단 먹어 보고 판단하는 것만큼 현명한 방법은 없다. 하나 덧붙이자면 입맛에 안 맞다고 여기는 음식도 5년 주기로 다시 먹어 보는 것이 좋겠다. 나이가 들면서 입맛은 계속 바뀌니까.

마음껏 변신하다

여행 중 식습관과 함께 바뀐 것이 있다면 파격적인 머리 스타일이다. 여행 전 짧게 잘랐던 머리가 금방 길어서 덥수룩해졌다.

그러다 이스탄불에서 드디어 머리를 잘랐다. 써니쌤께서 머리 길이를 다듬어 주었고 찬희쌤께서 투블럭으로 멋지게 장식해 주었다. 물론 이렇게 자르기까지 수차례의 설득이 필요했다. 선생님들이 망칠지도 모른다고 머리 자르기를 거절하는 바람에 거의 두 달이 가깝도록 "망쳐도 괜찮다", "마음대로 잘라 주셔도 된다"는 말로 선생님들을 안심시켜야 했다.

나는 판초를 입고 화장실 의자에 앉았다. 써니쌤이 이발용 가위로 내 머리카락을 잘랐다. 싹뚝, 싹뚝. 가위질 소리가 미용실에서 머리를 자를 때보다 훨씬 더 크고 거칠게 났다. 머리카락이 뭉텅뭉텅 잘려 나갔다. 머리를 자르는 도중에 써니쌤께서 "얼굴이 작으면 머리를 아무렇게나 해도 다 예뻐"라고 하셨다. '아무렇게나'라는 말에 순간 뜨끔했지만, 내가 분명 써니쌤께 마음대로 잘라 주어도 괜찮다고 했기 때문에 그냥 잠자코 있었다.

찬희쌤은 끝까지 투블럭은 안 된다고 거절했지만, 결국 내 설득에 못 이겨 바리캉을 잡았다. 나는 밀려면 눈에 띄게 제대로 밀고 싶었다. 찬희쌤은 그러면 정말 큰일 난다고 계속 말렸지만, 나는 더 밀어 달라고 부탁드렸다. 머리에 번개 모양까지 그려 넣었다.

나는 꿈에 바라던 바로 그 머리 스타일을 갖게 되었다. 오빠가 하

반하 여행을 떠날 때 투블럭을 한 게 너무 멋져서 그때부터 항상 투블럭을 해 보고 싶었는데, 우리나라에서는 주변 시선을 신경 써야 해서 쉽게 시도할 수가 없었다. 그런데 여행을 하며 이제야 진정한 자유인이 되어서 자유롭게 내 머리를 자르게 된 것이다.

이 머리는 여행에도 딱 최적화된 스타일이었다. 샴푸와 린스 절약 가능, 샤워 시간 단축 가능, 안 감아도 덜 더러워 보임, 운동할 때 편함…. 여러모로 성공적인 머리였다.

새로운 음식에 대한 도전과 파격적인 헤어 컷으로 점차 새로운 이은재가 되어 가고 있었다. 먹어 보지도 않은 음식을 싫어하는 음식이라고 단정 짓고, 다른 사람들의 시선에 휘둘려 원하는 머리 스타일을 포기하는 예전의 이은재가 아니라 원하는 것을 자유롭게 해 보고, 낯선 것도 용감하게 도전하는 여행자 이은재로 말이다.

〈라이프 오브 은재〉를 찍다

우리는 터키의 서쪽에 있는 바닷가 도시 '페티예'로 이동해 윈드서 핑을 배웠다. 다른 모든 운동이 그랬듯 윈드서핑 역시 내겐 너무나 어려운 도전이었다. 다른 아이들이 보드에 올라가 앞으로 나가는 것을 연습하고 있을 때 나는 보드가 너무 무거워서 바다 근처로 끌 고 가지도 못했다. 누군가의 도움을 받아야만 겨우 보드를 물에 띄 우고 돛을 꽂을 수 있었다. 그러고는 보드 위에서 두 무릎을 구부린 뒤 돛대를 잡고 일어서서 균형을 잡아야 하는데, 일어서지도 못하고 계속 넘어졌다. 정확히 말하면 무서워서 스스로 주저앉은 것이었다. 어렵게 보드 위에서 일어섰다고 해도 그 위에서 버티기가 좀처럼 쉽지 않았다. 정자세는 돛대를 잡고, 엉덩이는 뒤로 빼고, 다리는 살짝 굽히고, 등은 꼿꼿이 펴는 것이다. 하지만 척추 측만증이 있고, 근육이 없는 내게 이 자세는 물구나무서기만큼 어려웠다. 다리는 숟가락에 한 대 얻어맞은 푸딩처럼 후들거렸고, 허리는 끊어질 듯 아팠다. 나는 보드에서 30초도 채 버티지 못하고 물속으로 자빠졌다. 물은 징하게 차가웠다. 온몸에 소름이 돋았다.

다리 아프고, 허리 아프고, 춥고, 힘든 일을 왜 이렇게 고생하며 하는 것인지 이해할 수가 없었다. 이건 레저leisure라기보다 레이버labor에 가까웠다. 게다가 윈드서핑은 바람이 많이 부는 시기에 맞춰 타는데, 바람이 세면 몸이 떨리고 휘청거렸다. 그러니 나와 윈드서핑은 처음부터 서로 반비례 관계, 절대 조화를 이룰 수 없는 그런 관계였다. 내가 물속에 빠지고 다시 보드에 기어오르기를 반복하는 사이, 주변에 있던 아이들은 모두 보드를 타고 보이지 않을 정도로 멀리까지 나갔다. 나는 더 이상 도움을 청할 사람도 없어서 이내 그만두곤 했다. 매일 오전 10시부터 오후 12시까지 배웠는데, 처음 일주일간은 한 시간만 윈드서핑을 하고 남은 한 시간은 서핑 센터로 돌아와 쉬었다.

내가 윈드서핑 보드 위에서 균형을 잡기 시작한 것은 서핑을 시작한 지 2주가 되어 가던 때였다. 이제 겨우 보드를 타고 앞으로 나갈 수 있게 되었다. 어떻게 가능했냐고? 넘어지고 일어나는 것을 반복하다 보니 그것도 익숙해졌고, 어느 순간부터는 보드 위에 서 있는 시간이 늘어났다. 아직 불안하긴 했지만, 방향도 틀 수 있게 되었다. 그때부터 두 시간을 꽉 채워 윈드서핑을 했다. 장족의 발전이었다. '바람, 네가 나를 이길 수 있을 것 같으냐? 나는 이은재다!!' 유치찬란하지만, 정말 이런 생각으로 거세게 몰아오는 바람을 입술 한 번 꾹 깨물고 두 다리로 버텨 내었다.

3주가 지나니 이제 보드를 타고 꽤 멀리 나갈 수 있게 되었다. 다른 아이들은 일주일 만에 마스터한 것을 나는 3주째에 익혔다. 하루는 서핑 선생님인 이안을 따라 꽤 멀리까지 나갔다. 예전에 비행기 추락 사고로 사람들이 떨어져 죽은 곳이었다는 바다 한가운데까지 갔다. 가는 길에 이안이 내게 이름과 기분을 물어봤는데, 왠지 병원에서 의사가 환자의 의식을 확인하기 위한 질문같이 느껴졌다.

나는 입을 헤 벌린 채 얼빠진 표정을 하고 있었고, 정말로 그런 상태에 있었기 때문이었다.

어떻게 멀리까지 나가긴 했는데, 돌아오는 것이 문제였다. 방향이 잘못 되었는지, 바람이 너무 셌는지 보드가 고꾸라졌다. 함께 왔던 다른 아이들은 하나둘 가 버리고, 어느새 대장님과 둘만 남겨졌다. 안간힘을 썼지만 보드에 탈 수가 없었다. 그렇게 나는 대장님과 지중해 한가운데에 표류되었다. 사실 표류는 나 혼자라고 해야겠다. 대장님은 마음만 먹으면 언제라도 나를 두고 떠날 수 있었기 때문이다. 대장님이 내 몸이나 보드에 끈으로 사용할 만한 것이 있는지 잘 찾아보라고 했다. 그런 건 없었다. 결국 나는 돛을 보드 뒤에 얹고, 대장님 보드를 잡고 끌려가기로 했다. 나는 정말 이게 내 마지막 생명줄이란 생각으로 있는 힘을 다해 대장님 보드를 움켜잡았다.

'놓치면 이대로 끝장이야!'

뭔가 모험 영화 속 주인공이 된 기분이었다. <라이프 오브 파이>가 아니라 <라이프 오브 은재>를 찍는 기분이랄까. 호랑이와 표류되지 않은 것은 정말 감사한 일이었다. 다행히 중간에 모터보트가 구조하러 왔고, 나는 겨우 목숨을 건져 육지에 도착할 수 있었다. 정

다리가, 팔이, 온몸이
후들후들 떨려!!

말 스릴 넘치는 여정이었다.

이후에도 거의 매일같이 표류되고 구조되었다. 앞으로 나가는 방
법은 터득했지만 뒤로 돌아오는 방법은 몰랐다. 배우면 되지 않느
냐고 하겠지만, 배운다고 다 되는 것은 아니다. 배를 반대 방향으로

짜잔!!
나도 좀 탄다고!

틀려고 하면 자꾸만 넘어져서 다시 일어나지 못했다. 모터보트는 내가 바다에서 허우적대고 있으면 적절한 타이밍에 등장했다. 마치 내가 미리 예약한 택시인 양. 나는 구급차에 실린 환자처럼 넋을 잃고 배에 실려 서핑 센터로 돌아왔다. 돛이 망가진 날에는 찬희쌤이 구조하러 왔고, 갑작스러운 급류에 쓸려 간 날에는 대장님이 카누를 타고 구출하러 오기도 했다. 내 윈드서핑 타기는 심장 쫄깃한 어드벤처였다. 아마 윈드서핑 마지막 날까지도 구조되었던 것 같다.

사람의 마음을 움직이는 것

서핑 마지막 날 우리는 윈드서핑 자격증을 받았다. 나는 못 받을 거라고 생각했는데, 내 이름도 불렸다. 처음에 보드 위에서 균형을 못 잡고 덜덜 떨 때 진짜 이걸 할 수 있을까, 가망이 있는 걸까, 어차피 안 될 거 그냥 하지 말까 생각하며 절망하던 것이 기억났다. 나는 윈드서핑을 잘 타지는 못해도 즐기게 해 달라고 매일같이 기도했다. 그런데 감사하게도 이렇게 한 달간의 윈드서핑을 무사히 마치고 자격증까지 받게 되었다. 사실 받아도 되나 조금 망설여지긴 했으나, 그냥 날름 챙겨 넣었다. 우리나라에는 윈드서핑을 할 수 있는 곳이 별로 없을 테니 진짜 실력은 감출 수 있을 듯하다.

처음 우리는 학생 여덟 명만 윈드서핑 레슨을 받기로 했다. 하지만 우리의 경청 태도와 열심히 하려는 자세에 감동한 윈드서핑 센터 직원들은 우리 모두 레슨을 받을 수 있도록 해 주었다. 우리는 수업 시작 10분 전에 미리 도착해 돛과 보드를 준비해 놓았다. 수업이 끝난 후 사용한 장비들을 다시 제자리에 잘 정리해 두었다. 대장님은 우리가 밥을 먹을 때마다 만든 음식을 서핑 센터 직원들에게 가져다주었다. 우리의 행동에 또 감동한 직원은 원래는 잘 타는 다섯 명에게만 발급해 주기로 한 윈드서핑 자격증을 모두에게 발급해 준 것이었다.

사람의 마음을 움직이는 것은 크고 대단한 것이 아니라 작은 행동들, 기본적인 태도였다. 하반하에서 이런 작은 마음의 씀씀이를 배웠다. 덕분에 우리는 서핑 센터 직원들과 아주 친한 사이가 되었고, 나중에 다시 이곳에 놀러 오기로 약속했다. 한 달이 지나 페티예를 떠났지만, 떠나는 곳에 다시 돌아올 거점을 만들게 되어 기뻤다. 나중에 꼭꼭 다시 가리라.

라마단 보고서

이슬람교를 주로 믿는 터키에서 라마단이 시작되었다. 우리도 수요
일부터 금요일까지 3일간 '라마단'을 하기로 했다. 라마단은 원래
이슬람교도들이 한 달 동안 해가 뜰 때부터 질 때까지 금식을 하며
가난한 사람들의 배고픔을 느껴 보는 것인데, 우리는 약식으로 3일
만 오후 3시부터 다음 날 오전 7시까지 금식하기로 했다.

  화요일 저녁은 라마단 전 마지막 저녁 식사였다. 최후의 만찬이
라고나 할까. 우리는 모두 경건한 마음으로 저녁을 먹었다. 평소처

럼 수다를 많이 떨지 않고, 모두 각자 음식에 집중했다. 모두들 얼굴빛이 어두웠다. 삶의 유일한 희망이자 목표인 음식을 내일부터 자유롭게 먹지 못한다는 사실에 절망하는 것이었다. 우리는 모두 '마지막'이란 말에 사로잡혀 한 순갈 더, 두 순갈 더, 그러다가 결국 한 그릇을 더 먹었다. 본능적으로 더 채워 두려고 했나 보다.

과연 한 끼에 고기 10킬로그램을 먹는 비밀병기들이 밥을 굶을 수 있을까? 결과가 궁금하다면 글을 계속 읽어 보시길.

 5/23(수)

• 오전 9:30 아침으로 빵과 시리얼, 우유를 먹었다.

• 오후 2:10 점심으로 파스타와 고기, 감자, 버섯, 파프리카를 넣은 요리를 먹었다. 우리는 딱 3시가 되면 먹던 음식도 뱉어 내기로 했기 때문에 한 순갈 먹고 시계 보고, 또 한 순갈 먹고 시계 보기를 반복했다. 우리는 정말 빠른 속도로 다 함께 여섯 그릇을 넘게 해치웠다.

• 오후 2:50 갑자기 냉장고에 수박이 있다는 것이 생각나 급히 수박을 잘랐다. 3시 5분 전에 겨우 수박을 다 잘랐고, 아이들은

과자 부스러기를 쪼아 먹는 비둘기들처럼 모두 수박에 달려들어 재빨리 수박을 흡입했다. 수박을 안 먹으면 정말 큰일이 날 것처럼 맹렬하게 수박을 먹는 모습이 먹잇감을 물어뜯는 짐승을 연상시켰다.

• 오후 4:25 라마단을 시작한 지 아직 1시간 25분밖에 지나지 않았는데, 이상하게 벌써 공허한 느낌이 든다. 평소에 먹으라고 할 때는 늘 별로 내키지 않았는데, 먹지 말라고 하니 괜히 뭔가 더 먹고 싶다.

• 오후 7:00 세계사 시험을 봤다. 보통 때 같으면 저녁을 먹고 식곤증으로 눈이 반쯤 감긴 상태에서 시험을 봤을 텐데, 오늘은 맑은 정신으로 시험을 볼 수 있었다. 덕분에 글씨 쓰는 속도도 이전보다 빨랐고, 머릿속에서 정리도 더 잘되었다. 이번에 세계사 시험을 잘 봤다면 '라마단' 덕분이리라.

• 오후 9:00 지금 이 상태가 너무 편하고 좋다. 음식으로 배가 더부룩하거나 속이 부대끼지 않는다. 저녁을 먹었다면 음식을 준비하고, 먹고, 치우는 데 분주하고 바빴을 시간인데, 지금은 굉장히 조용하고 평화롭다. 혼자 생각할 수 있는 여유 시간이 생겼

다. 평소엔 밥 먹고 이것저것 정신없이 하느라 놓친 해 질 녘의 하늘을, 오늘 저녁에는 보았다. 밥을 한 끼 안 먹으니 몸도 마음도 가볍다. 어쩌면 그동안의 식사가 정말 불필요하고 과한 것이었는지도 모르겠다. 나는 지금 배고프지 않고 몸이 붕 뜬 것 같은 약간 성스러운 상태에 있는 듯한 느낌이 든다.

• 오후 10:00 주변 순찰에 나섰다. 오전에 먹다 남은 빵 냄새를 맡고 배를 움켜잡는 우진 형님이 포착되었다. 분명 배가 불렀을 때는 이 거실을 몇 번이고 왔다 갔다 하면서도 빵 냄새를 의식하지 못했는데, 오늘따라 유난히 고소한 빵 냄새가 거실 전체에서 풍겼다. 우진 형님은 그렇게 잠시 배고파하다가 독해 테스트를 받으러 올라갔다.

소파에 시체처럼 엎어져 있는 사람을 발견했다. 해인쌤이었다. 에너지가 없는지 몇 분 동안 쓰러져 있었다. 밝고 힘찬 해인쌤은 어디 갔는지…. 일기를 쓰고 있는 정우 발견. 배고파서 아무것도 못할 줄 알았는데 할 일을 찾아 열심히 하고 있었다. 기특하다는 생각을 하던 참에, 정우의 진심 어린 호소를 듣고 빵 터졌다.

"배고파서 죽을 것 같아. 라마단 진짜 왜 하는 거야?"

그래, 정우야. 이래야 너답다.

침대에 엎드려 있는 지원 형님과 민석이. 신기하게도 서 있는 사람보단 엎드려 있거나 기대 있는 사람들이 많았다. 몸을 지탱할 힘이 없어서 그런 걸까? 민승쌤은 하반하에서 밥을 가장 많이 먹는 분인데 굶으면서 많이 힘들었을 것 같다. 그런데도 민승쌤은 베란다에 나가 줄넘기까지 했다. 정말 대단하다.

 5/24(목)

- 오전 5:30 몸에 힘이 없다. 그러나 배는 안 고프다.
- 오전 8:30 책을 읽는데 글자가 눈에 잘 안 들어온다.
- 오전 9:00 아침을 먹었는데, 모두들 생각보다 적게 먹었다. 먹

는 속도도 많이 느려졌다. 라마단을 하면 오히려 식욕이 줄어든다는데, 우리도 그 효과를 보는 것 같다.

• 오후 2:30 라마단이 30분밖에 남지 않았는데 음식 준비가 덜 되어서 밥과 물김치, 샐러드만 먹게 되었다. 우리에겐 음식 투정을 부릴 시간이 없었다. 주어진 음식을 최대한 빨리, 많이 먹는 것이 급선무였다. 아침에 먹던 빵까지 동원해 배를 채웠다.

• 오후 2:58 3시 2분 전에 닭볶음탕이 완성되었다. 눈치 없는 자식. 될 거면 빨리 되든가, 2분 전에 완성되는 건 또 뭔가. 우리는 딱 한 숟갈씩 국물 맛만 보았다. 뜨끈뜨끈한 국물이 아까 먹은 메마른 밥을 쑥 내려 주는 듯했다. 국물을 더 달라고 아우성치는 내 배를 무시한 채 입맛만 다셨다. 내일 아침에 먹으면 더 맛있겠지?!

• 오후 10:00 대장님께서 사 주신 꿀을 '약으로' 먹었다(라마단 기간에도 약은 먹을 수 있다). 매일 아침에 한 번, 저녁에 한 번 꿀을 먹으면 건강이 좋아진다고 열심히 챙겨 먹어 보라고 하셨다. 7시간 만에 무언가를 먹는 것이라 그런지, 꿀이 정말 꿀맛이었다. 그런데 문제는 꿀을 먹은 그 다음이었다. 목이 타서 물을

찾다가 문득 라마단 기간에는 물도 마시면 안 된다는 규칙이 떠올랐다. '약은 먹어도 되니까 약 먹은 다음에 물 마시는 것도 허용되는 거 아냐?' 이런 생각으로 스스로와 타협하려 했지만, 왠지 이런 나 자신이 비굴해 보였다. 결국 내 몸이 계속 물을 갈구하도록 그냥 이 상태로 놔두기로 했다. 이 또한 목마른 이들의 고통을 느껴 볼 수 있는 좋은 기회일 테니까. 침을 꿀꺽꿀꺽 삼키며 내 스스로 만들 수 있는 최대한의 수분을 몸에 공급했다. 운동하는 지원 형님과 호근이 발견. 이제 다들 슬슬 라마단에 적응해 가는 것 같다. 어제는 나태해진 아이들이 많았는데, 오늘은 각자의 방법으로 저녁 시간을 잘 사용하고 있었다.

• 오후 10:35 아래층에서 음식 냄새가 올라오고 있다. 무슨 일이 벌어지고 있는 걸까? 누군가 내일 먹을 것을 미리 요리하고 있는 걸까? 내려가 보고 싶었지만, 그러면 금세 배가 고파질 수 있으므로 그냥 침대에 붙어 있기로 했다. 찬희쌤 말씀대로 정말 후각이 예민해졌는지, 이 요리에 뭐가 들어갔는지까지 냄새로 느껴진다. 왠지 카레인 것 같은데, 고기가 약간 들어간 것 같다. 감자랑 호박도 들어간 것 같다. 맛있는 음식임에 틀림없다.

 5/25(금)

• 오전 7:00 어젯밤 모든 것은 나의 망상이었다. 누구도 카레를 요리하지 않았고 물론 고기와 감자와 호박이 들어갔을 리도 없었다. 대장님이 닭볶음탕을 다시 끓였던 것이다. 오전에 대장님이 카레를 만들 것이라는 말을 엿듣고, 상상 속에서 고기까지 들어간 카레를 요리한 것이었다. 사실 어젯밤 나는 그 카레를 맛보기까지 한 기분이었다. 배고픔이 사람을 이런 경지에 이르게 하다니 나 자신이 조금은 놀랍고, 조금은 부끄러웠다.

• 오전 9:00 어제 못 먹은 닭볶음탕을 드디어 아침으로 먹었다. 오래오래 끓여서 그런지 국물이 정말 진하고 맛있었다. 사람들의 밥 먹는 속도가 점점 느려져 나와 밥 먹는 속도가 비슷해지고 있다. 그동안은 밥 먹을 때 늘 불안했는데, 이제는 조금 마음을 놓고 천천히 먹을 수 있게 되었다.

• 오전 10:00 터키시 딜라이트 한 개와 과자 한 개를 먹었다. 역시 나는 단 음식을 좋아하는지 먹자마자 금방 기분이 좋아지고 몸에 힘이 났다. 써니쌤이 나한테 당뇨가 있나 물어보았다.

• 오후 2:20 닭볶음탕 소스로 파스타를 만들어 먹었다. 세훈이

가 아침도 못 먹었는데 점심도 얼마 먹지 않았다. 면도 다른 아이들에게 나눠 주고, 아침에 남겨 놓았던 밥도 조금밖에 안 먹었다. 아침에 배가 고프지 않냐고 물었을 때도 "저 완전 괜찮은데요. 라마단 더 할 수 있을 것 같아요"라고 또랑또랑하게 말했다. 고추전 하나 더 먹으려고 욕심을 내던 세훈이가 그새 많이 어른스러워진 것 같다. 얼굴도 홀쭉하니 잘생겨지고.

음식만 앞에 있으면 평정심을 잃고 달려들던 아이들이 모두 음식 앞에서 침착하고 무던해졌다. 라마단의 결과였다. 음식을 조금 더 기다렸다가 조금 더 나누어 먹는 아이들이 이전과 달라 보이고, 훨씬 멋져 보였다. 음식에 대한 욕심만 없어도 사람이 훨씬 품격 있어 보인다는 것을 느꼈다.

라마단 전후를 비교하려고 사진을 찍었다. 얼굴 각도에 차이가 있는 것을 빼고는 변한 것이 없었다. 이 사진을 보고 알게 된 것은 밥을 몇 끼 먹지 않아도 몸에 큰 차이가 생기지 않는다는 것이다. 역시 인간의 몸은 강하다. 라마단을 며칠 더 해도 괜찮을 것 같다.

라마단을 한 단어로 정리하면?

자유.

음식으로부터, 음식에 대한 욕심으로부터, 음식을 먹은 뒤 느끼는 포만감과 몰려오는 잠으로부터 '자유로운' 3일이었다. 덕분에 내 몸 자체를 느낄 수 있었고, 평온하고 편안했다.

하반하 학생 모두 라마단을 잘 마쳤다. 밤에 무엇을 몰래 훔쳐 먹었는지까지는 잘 모르겠지만, 들통 난 사람은 없었다. 어쨌든 굶어 죽은 사람 없이, 반칙한 사람 없이 모두들 잘 해냈다.

라마단이 끝난 기념으로 함박스테이크를 먹었다. 밤에는 야식으

저녁을 3일이나 굶었는데 어떻게 그대로지?

로 소스 범벅 감자튀김까지 먹었는데, 정말 마약 같았다. 3일간 어렵게 빼낸 우리 몸의 독소는 이렇게 하루 만에 다시 채워졌다. 기름기 넘치는 스테이크와 감자튀김으로. 하지만 먹는 즐거움을 포기할 수는 없다. 먹을 때의 만족감과 기쁨은 다른 어떤 것으로도 채울 수 없는 행복한 감정이기 때문이다.

카르페디엠

야구를 하러 나갔다. 야구는 선수가 18명이 필요하기 때문에 모두 필수적으로 참여해야 했다.

나는 9번 타자였다. 우리는 민수가 만든 야구 배트로 야구를 했는데, 배트가 너무 무거워서 들고 있는 것만으로도 팔이 아팠다. 나는 대장님께서 알려 준 번트 자세를 하고 날아오는 공에 배트를 갖다 댔다. 그랬더니 신기하게도 배트에 공이 맞았다. 총 세 번 중 세 번 모두 공을 쳤다. 물론 모두 아웃되긴 했지만 공이 앞으로 날아갔다는 사실만으로도 충분히 감격스러웠고 덕분에 야구에 대해 약간의 호감을 갖게 되었다. 사실 번트는 학교 체육 시간에 야구를 배울 때 잠깐 나온 내용인데, 내가 이걸 진짜 쳐 보게 될 줄은 정말 몰랐다. 상황이 안 좋을 때나 그냥 자세로는 치기 어려울 것 같을 때 배트를 살짝 대는 기술이라고 배웠는데, 나같이 배트를 제대로 휘두르는 것이 불가능한 아이를 위해 존재하는 기술이었던 것 같다. 나중에도 써먹어야겠다.

날씨는 선선하고, 노을이 질랑 말랑 하는 붉은빛 하늘은 무척 예뻤다. 이 속에서 야구를 하는 우리들은 정말 행복하고, 천진난만했다. 2루수 자리를 지키며 지금 이 순간을 떠올릴 미래의 나를 생각했다. 분명 나는 지금 이 순간을, 한 장의 사진처럼 머릿속에 간직해 두고 있을 것이었다. 나는 터키 '페티예'에서 멋진 하늘 아래, 큰 걱정 없이 마음껏 뛰어놀았던 그 시절을 매우 그리워하고 부러워할 것이었다.

나는 문득 시간을 잠시 멈추고 싶다는 생각을 했다. 이 순간을 하루 동안만 멈추어 둘 수 있다면. 지금이 얼마나 아름답고, 멋지고, 즐겁고, 행복하고, 감사한 순간인지 충분히 곱씹어 본 후에 다시 이 순간을 맞고 싶었다. 즐길 마음의 준비를 할 시간이 내겐 필요했다. 그러나 물론 시간은 그렇게 자비로운 존재가 아니기에 이 순간도, 야구도, 노을도 모두 한 시간 안에 끝이 났다. 그렇게 나는 이 순간을 그리워할 미래의 순간을 떠올리느라, 정작 이 순간은 또 놓쳐 버렸다.

써니쌤이 만든 영상이 생각났다. 편집된 영상 속 장면들은 음악과 함께 나오면서 모두 희망차고, 즐거워 보였다. 신나고 경쾌한 음악 속에서 우리는 세계 여행을 하며 많은 것을 배우고, 경험하는 행복한 아이들이었다. 하지만 비디오 장면 속에 있던 실제 나는 어땠는가? 물놀이를 할 땐 춥고 힘들다는 생각뿐이었고, 아주 재미있게 나오는 토론을 준비할 때에는 사실 머리가 깨어질 듯 아프고 짜증이 났다. 대장님이 찍은 윈드서핑 영상 속에서 나는 멋지게 서핑을 하고 있지만, 실제로는 다리가 떨리고 팔이 아파서 끝나는 시간만 계산하고 있었다.

왜 나는 편집하고 음악을 덧붙이고 나서야 그 순간이 행복했다는 것을 알게 되는 걸까? 왜 그제야 그때가 참 좋았다고 얘기하는 걸까? 그때, 내가 참 좋았다는 그곳에 있었을 그때, 행복하고 즐겁다고 느끼면 참 좋을 텐데.

　카르페디엠. 시즈 더 모먼트. 이것은 올해 나의 목표다. 다 흘러가 버린 뒤 과거가 된 순간을 추억하기는 쉽지만, 지금 내가 서 있는 순간을 잡기란 참 어렵다. 어떻게 즐겨야 할지 고민하는 시간에도 벌써 그 순간을 놓친 것이다. 그러니 일단 아무 고민 없이 현재를 마주하는 것부터 연습해야겠다.

3부

뜻밖의 재능을
발견하다

터키

이집트

대한민국

시골 소녀의
이스탄불 사랑

나는 이스탄불이 너무 좋다. 이스탄불을 떠난 날부터 바로 이스탄불이 그리울 정도다. 그 이유는? 내가 도시를 좋아하기 때문이다. 워낙 시골에 오래 살아서 그런지 높은 건물들과 북적대는 사람들과 붐비는 차들과 떠들썩한 거리가 너무 좋다.

파주에 산 지는 어언 13년이 되어 간다. 엄마는 회사 선배가 사고 싶다는 집을 같이 구경하러 왔다가 그 선배보다 먼저 파주에 집을 샀다. 맑은 공기와 고요하고 평화로운 마을 분위기에 반했다고 한다. 당시 다섯 살인 나와 초등학교 1학년인 오빠 역시 보통 활발한 것이 아니었기 때문에 엄마는 우리가 층간 소음 걱정 없이 마음껏 뛰어놀 수 있는 곳으로도 이 집이 적합하다고 생각했다.

우리 집은 논과 밭을 지나 심학산 바로 아래에 있다. 마트에 한번 나가려면 30분 이상 버스를 기다려야 한다. 지금은 아파트와 아울렛이 들어서면서 이전보다는 그나마 도시화되었지만, 7년 전까지만 해도 파주는 시골에 가까웠다.

나는 시골 아이답게 매일 친구들과 뛰어놀며 도시의 번잡함과 치열한 조기 교육 없이 유년 시절을 보냈다. 서울에 사는 것이 멋있다고 생각한 어릴 적에는 어디 사냐고 묻는 말에 '서울 근처'라고 답하곤 했지만, 이제는 서울보다 우리 마을이 훨씬 더 매력적이라는 것을 안다. 아름다운 자연과 깨끗한 공기. 서울의 번잡함에 찌들려 있는 사람들이라면 선망할 그런 고요하고 아늑한 마을이다.

하지만 아직 그렇게 찌들려 본 적이 없어서일까? 난 파주가 살기 좋다는 걸 알면서도 여전히 높은 건물들과 시끄럽고 정신없는 도시 풍경에 더 설레고 감동한다. 파주살이 12년에도 철쭉과 진달래를 구분하지 못하는 내가 한 번 다녀온 거리와 건물은 곧잘 기억해

내는 것도 그 때문인지 모르겠다.

이번 여행에서도 내 취향을 확실히 확인할 수 있었다. 여행 중에 가장 기분이 좋았던 때는 다름 아닌 사람이 많은 곳, 건물이 많고 번잡한 곳에 갔을 때였기 때문이다. 폴란드 리넥글로리 광장, 우크라이나 올드 타운, 터키 이스탄불. 가장 좋았던 장소를 꼽으라면 이 곳들을 말할 것이다. 이 가운데서도 터키 이스탄불에 가장 애착을 갖는 이유는 첫째, 리넥글로리 광장과 올드 타운은 작은 도시의 중심이라면 이스탄불은 큰 도시였기 때문이다. 둘째, 아름다운 바다와 어우러진 도시의 풍경이 내 마음을 울릴 정도로 진한 감동을 가져다주었고 셋째, 초등학교 3학년 때 가족들과 터키 여행을 다녀온 기억 때문인지 자꾸 이곳이 추억의 장소, 또는 고향같이 느껴졌기 때문이다. 결정적으로 이스탄불에는 거리에 구경할 상점들과 시장들이 유난히 더 많았다. 다행히 이스탄불에 머무를 때 나에게 어느 정도의 돈과 여유 시간이 있어서 충분히 만끽할 수 있었다.

이스탄불 하면 잊을 수 없는 것은 바자Bazar다. 바자는 내가 즐겨 구경하는 우리나라 전통 시장과 비슷한 시장이었다. 돔 모양 천장을 가진 기다란 통로 안에 상점들이 모여 있었다. 각종 신기한 가루

들과 통키 과자처럼 원통형으로 생기거나 말린 고추같이 생긴 향
신료 등 다양한 향신료들이 펼쳐져 있었다. 이곳 역시 우리나라 시
장처럼 시식이 가능했다. 나는 각종 터키 사탕과 특이한 향이 나는
음식들을 열심히 맛보며 구석구석 구경했다.

바자에는 앞이 보이지 않을 정도로 사람이 많았다. 이런 분위기
속에 있으니 너무 들뜨고 신났다. 유후! 하고 입에서 노래가 흥얼흥
얼 나왔다. 인파에 휩쓸려 이리저리 치이고 밀리기도 했지만 마냥
즐거웠다.

이스탄불에서는 카페에도 다녀왔다. 다른 곳에서는 분위기 좋은
카페에 우아하게 앉아서 차를 마시는 사람들을 구경하며 부러워했

다면 이곳에서는 운이 좋게도 직접 그런 호강을 누릴 수 있었다. 사실 다른 아이들이 인도 대사관에 비자를 발급 받으러 간 날, 찬희쌤의 제안으로 카페에 앉아 아이들을 기다리게 된 것이었다. 이스탄불만의 색다른 카페에 다녀온 것은 아니고 어디에나 있는, 누구나아는 '스타벅스'였다. 그렇지만 나 같은 가난한 학생 여행객에게는카페에 간 것 자체만으로도 엄청난 행운이고 사치였다. 스타벅스에서는 음료수 한 잔이 15리라 정도로, 당시 내게 어마어마하게 큰돈이었는데 찬희쌤이 음료수를 사 주었다. 빵빵한 에어컨 바람 속에서 시원한 음료를 마시며 무더운 바깥을 내다보는 기분은 정말 꿀이었다.

도시, 밤, 바다가 만났을 때

이스탄불에서 가장 기억에 남는 것은 바로 반짝이는 건물 뒤로 펼쳐지는 바다의 경치다. 이스탄불에서 매일 저녁 운동을 하러 나가는 길과 들어오는 길에 한쪽에서는 불을 밝힌 도시 건물들을, 다른한쪽에서는 석양이 비치던 바다가 서서히 검푸르게 변하는 풍경을봤다. 그 잔잔한 짙은 바다에 건물의 반짝이는 불빛이 일렁이는 그 시간만큼 마음이 편안해지고 힐링이 되는 시간은 없었다.

이 야경을 보면 하루의 피로가 순식간에 싹 풀리고, 앞으로 행복한 일들만 일어날 것 같은 기분이 들었다. 마음 같아서는 그곳에 세 시간이고 네 시간이고 앉아 있고 싶었다. 사실 이스탄불을 떠나기 전에 하루 날을 잡아서 아이스크림을 먹으며 편안히 야경을 보는 것이 목표였는데, 결국 실천하지 못한 것이 정말 아쉽다. 사진을 아무리 찍어도 실제 풍경의 반의 반의 반도 못 보여 줬다. 그 장면은 아무리 훌륭한 사진가가 촬영한다고 해도 다 담을 수 없을 것이다.

시골 소녀에게 이스탄불은 잊을 수 없는 설렘으로 가득한 곳이었다. 여행을 하며 나를 기쁘게 하는 것을 발견했는데, 그중 하나가 바로 도시 야경 구경이다. 앞으로 기분이 꿀꿀할 때면 버스를 타고 나가 야경을 봐야겠다.

흑해 아저씨네
음식점

이스탄불에 머무는 동안, 우리는 매일 '메이단 보렉'이라는 음식점에서 점심을 먹었다. 이곳은 써니쌤과 대장님이 작년 터키 여행 중에 찾은 맛집이었다. 우리가 묵은 오리엔트 호스텔에서 걸어서 3분도 안 되는 거리에 있었다. 터키에서 우리는 이 식당을 '흑해 아저씨네 음식점'이라고 불렀다. 식당의 운영자인 두 부자가 흑해를 건너 이곳에 왔다는 이유에서였다.

처음 두 사람을 봤을 때 아주 친한 친구 사이인 줄 알았다. 그런데 아버지와 아들이라는 얘기를 듣고 깜짝 놀랐다. 그러고 보니 두 사람 얼굴이 닮은 것 같기도 했다. 넓은 이마에 땡그란 눈, 갈매기 모양 눈썹, 덥수룩한 수염과 큰 키. 수염이 하얗고, 키가 조금 더 큰 사람이 아버지 미토(53세)였고, 얼굴이 더 동그랗고 통통한 사람이 아들 무라드(35세)였다.

우리는 점심시간, 그러니까 매일 오후 2시가 되면 모두 잔뜩 기대하며 룰루랄라 식당으로 뛰어들어 갔다. 그러면 주인아저씨는 우리가 올 시간에 맞춰 요리를 준비해 놓고 기다리고 있었다. 이 음식점에서는 메뉴를 따로 고르지 않고 아저씨가 그날그날 만들어 주는 '오늘의 요리'를 먹었다. 이 방식은 '오늘은 어떤 음식이 나올까' 더 기대하게 만들었고, 매일 조금씩 바뀌는 음식을 맛보는 소소한 즐거움을 선사해 주었다.

고기 덮밥, 가지 튀김 볼, 닭고기 감자 요리, 닭죽 맛이 나는 수프와 치약(?) 맛이 나는 수프. 그중 가장 기억에 남는 것이 있다면 가지 튀김 볼이다. 가지 안에 밥이 들어간 볼인데, 그걸 먹는 내내 어떻게 그 안에 밥을 촘촘히 채워 넣었을까 정말 신기했다. 가지를 갈라서 밥을 넣고, 다시 덮는 일이 엄청 수고로웠을 텐데. 이곳 음식들에서 모두 그런 정성이 느껴졌다. 마치 집밥을 먹는 것처럼 편안하고 맛있고, 언제 먹어도 계속 먹어도 절대 질리지 않았다.

식사 메뉴는 매일 바뀌지만 식사가 끝나면 나오는 디저트는 고정 메뉴가 있었다. 바로 '푸딩'과 '차'였다. 라이스 푸딩, 바닐라 푸딩, 치킨(?) 푸딩, 초콜릿 푸딩 중 나는 언제나 초콜릿 푸딩을 먹었다. 처음에는 푸딩을 반도 못 먹었는데, 어느 순간부터는 혼자 한 팩을 말끔히 다 먹을 정도로 푸딩의 매력에 푸욱 빠지게 되었다. 쫄깃쫄깃한 빵을 푸딩에 찍어 먹으면 마치 초코 퐁듀에 빵을 찍어 먹는 것 같이 맛이 아주 일품이었다. 마지막으로 따뜻한 차 한 잔을 마시면 몸이 따뜻해지고 노곤해지면서 오늘도 배불리 잘 먹었다는 생각이 들었다.

인심 좋은 이 식당 주인아저씨들은 우리가 아침에 조깅할 때면 식당 문 앞에 나와 손을 흔들어 주었다. 조깅하러 갈 때, 돌아올 때, 잠깐 외출할 때마다 아저씨들과 인사를 건넸다. 아침에는 빵을 팔고, 점심때에는 딱 철판에 들어가는 만큼만 음식을 만들어 팔고, 다 팔면 6시쯤 가게 문을 닫고 집에 돌아가 쉰다. 한 끼에 15리라면 값도 굉장히 저렴한 편인데, 이 부자는 큰 욕심 없이 장사를 하는 것

같았다.

　나는 우리 동네에 있는 '엘 빵집'이 생각났다. 탕종 식빵이 정말 맛있는 이 빵집도 아침 9시에 열어서 오후 6시면 문을 닫았다. 빵집 문을 열면 두세 시간 안에 다 팔려 나갈 만큼 탕종 식빵은 인기가 정말 많았는데, 주인아저씨는 단 한 번도 빵을 더 만들어 판 적이 없었다. 딱 아침에 만든 만큼만 팔고, 다 팔면 장사를 마쳤다. 흑해 아저씨네 음식점도 엘 빵집도, 욕심 없이 소박하게 장사를 하는 것을 보면 정말 멋지고 부럽다는 생각이 들었다. 하지만 실제로 이렇게 사는 건 결코 쉬운 일이 아닐 것 같다. 소박하더라도 어느 정도 생계를 유지하고 식당을 운영할 수 있을 만큼은 돈을 벌어야 하는데, 그게 원한다고 되는 건 아니니 말이다. 내가 할 수 있는 일은 이런 멋진 음식점들을 찾아서 열심히 사 먹어 주는 것이라는 생각이 들었다. 이렇게 소박하고 멋있는 음식점들이 문을 닫지 않고 계속 잘 운영될 수 있도록. 터키에 있는 동안은 이 흑해 아저씨네 음식점에서 밥을 자주 먹고, 우리나라에 돌아가면 엘 빵집에서 빵을 자주 사 먹어야겠다고 생각했다.

나의 인생 디저트

나는 단 음식을 정말 좋아한다. 밥은 굶더라도 초콜릿이나 과자 같은 것은 거를 수 없는 사람이다. 당이 충전되지 않으면 몸에 힘이 없고, 삶이 무기력한 기분이랄까? 그래서 밥을 먹고 초콜릿을 하나씩 주워 먹는다거나 과자를 가방에 챙겨 다니며 틈틈이 먹는 습관이 있다.

이런 내게 간식 없이 세끼 밥만 먹으라니, 처음 하반하의 식생활은 그 자체로 무척 고통스러웠다. 밥을 먹고 나면 침이 목을 타고 올라와 달달한 것을 기다리느라 내 입 안은 언제나 흥건했다. 침은 아무리 꿀꺽 삼켜도 다시 고였고, 내 머릿속에서는 '당분 필요' 알람이 멈추지 않고 시끄럽게 울렸다. 초반에는 우리나라 공항에서 챙겨 온 과자와 초콜릿으로 겨우 내 머리와 몸을 진정시켰지만, 그것마저 닳자 더 이상은 내 몸의 요구를 들어줄 수 없었다. 혼자 마트에 나가 과자를 사 올 수도 없었고, 할 수 있는 것이라고는 훈련과 연습, 즉 과자와 초콜릿 없이 사는 것에 익숙해지는 것뿐이었다. 슬로바키아를 지나 폴란드, 우크라이나에서 계속 연습을 했다. 그리고 하반하 식생활에 점차 적응을 해 가던 때 터키에 도착했다.

그런데 이스탄불에서의 첫 외출에서 참고 참아 온 단 것에 대한 욕구가 한꺼번에 폭발해 버렸다. 상점 유리창으로 비치는 '터키시 딜라이트'에 압도당한 것이다. 처음엔 '저게 뭘까?' 하는 궁금증 정도였지만, 식당에서 먹어 본 뒤에는 '저걸 맘껏 먹고 싶다'는 생각으로 가득해졌다. 페티에에서 한 달간 윈드서핑을 배운 뒤 이스탄불로 가는 그날까지 '딜라이트를 사 먹을 수 있을 만큼'의 돈을 벌겠노라고 다짐했다.

다시 이스탄불에 도착한 6월 17일. 그동안 눈에 불을 켜고 차곡

차곡 모아 둔 전 재산 270.9리라(약 6만원)를 들고 비로소 딜라이트 가게에 갈 수 있었다. 구매 전 가격 조사를 위해 먼저 방문한 적이 있었는데, 생각한 것보다 딜라이트의 가격이 많이 비싸다는 것을 알아냈다. 목표로 한 '하피즈 무스타파(딜라이트 가게도 여러 개가 있는데, 이곳이 가장 유명하고 맛있다)'에서 딜라이트는 작은 상자 하나에 81리라였다. 종류별로 골라 담는 큰 사이즈 상자는 무려 180리라. 우리가 평소 점심을 먹는 식당의 한 끼가 15리라였으니, 내겐 충격적인 가격이었다.

순간 그동안의 계획에 대한 회의감이 들었다. 돈이 많다면 모를까, 안 그래도 궁핍한 상황에서 한 끼 식사의 6배쯤 되는 딜라이트를 사는 것이 맞을까? 그것은 꽤나 심각하게 고민해 봐야 하는 문제였다. 선생님들께 드릴 이별 선물과 생일 선물, 가족들과 친구들에게 줄 기념품을 사야 했기 때문이다. 첫 번째 가격 조사 이후에도 다섯 번도 넘게 딜라이트 가게에 들러 어슬렁거리다가 시식만 하고 나오기를 반복했다.

하지만 딜라이트 가게 방문 횟수가 늘어날수록 내 생각은 점점 더 확고해졌다. 내가 돈을 벌었으니 이 돈을 소비할 때 가장 중요시

해야 하는 사람도 '나'라는 것. 그동안 고생한 나 자신을 위해 딜라이트를 사는 것은 당연하고, 필수적인 것이라는 것. 이런 생각 아래 270.9리라 중 적어도 100리라는 나를 위한 딜라이트를 사는 데 지출하기로 결심했다.

딜라이트가 대체 뭐라고

6월 26일 전체 쇼핑 날, 드디어 두툼한 지갑을 들고 딜라이트 가게 앞에 섰다. 마음에 담아 둔 딜라이트 상자를 사기 전에 먼저 2.5리라짜리 작은 딜라이트를 사서 입에 넣었다. 딜라이트를 입에 넣는 순간 바삭함이 느껴지는 동시에 패스트리가 짓눌려 갈라지면서 따뜻한 꿀이 터져 나왔다. 입 속은 금세 꿀로 흥건해졌고, 한 입씩 베어 먹을 때마다 흥분한 혈관 속 피들이 입에서 발가락 끝까지 빠르게 오르락내리락 하는 것을 느낄 수 있었다. 빠르게 쿵쾅거리는 심장 박동 소리와 몸속 장기들과 조직들, 작은 세포들이 흥에 겨워 춤을 추는 소리까지도 느낄 수 있었다. 일평생 내게 있을 행복을 전부 끌어 모은 듯한 행복감이 느껴지는 듯했다. 나는 급 기분이 좋아져서 신나게 뛰어다녔다. 발걸음이 이렇게 가벼웠던 적은 여행하면서

이 녀석들, 반드시 먹고 말겠어!

처음이었다.

딜라이트 한 개를 맛본 뒤 드디어, 정말 계획에 계획을 거쳐 사기로 결정한 중간 크기의 딜라이트 상자를 샀다. 종류별로 직접 골라 담을 수 있었는데, 내 손가락으로 원하는 것을 가리키며 또 한 번 기쁨과 뿌듯함을 느꼈다. 눈물, 콧물 빼며 열심히 살아 온 세월이 모두 압축되어 이 상자 안에 들어간 것 같았다.

나는 총 104리라를 무스타파 딜라이트에 지출했다. 그동안 창문을 통해 들여다보고 꿈꿔 왔던 것을 이제 손에 넣게 되었다고 생각하니, 더 이상 바랄 것이 없다는 생각이 들었다. 갖고 있는 나머지 돈에 대한 욕심도, 앞으로 돈을 더 많이 벌어야겠다는 욕심도 순식간에 사그라들었다. 갑자기 조금 허무하다는 생각도 들었다. 두 달 동안 꿈꾸고 열망하던 것을 한순간에 얻어서인지 마음 한쪽이 헛헛했다.

'딜라이트가 뭐 얼마나 대단한 것이기에 나를 이렇게 들었다 놨다 하는지….'

이날 딜라이트에서 비롯된 복잡미묘한 감정들에 휩싸여 이런저런 생각들을 참 많이 했다.

이스탄불을 떠난 날부터 우리나라에 돌아올 때까지 사무치는 그리움으로 단 하루도 딜라이트를 잊은 적이 없었다. 매일 딜라이트를 먹던 그 순간의 기쁨을 머릿속에서 재생하며 대리 만족을 했고, 상상이 늘수록 다시는 먹을 수 없는 딜라이트는 내 안에서 점점 더 신격화되었다.

사실 지금 딜라이트를 먹는다고 해도 그 정도로 맛있을지는 잘 모르겠다. 하지만 당시 궁핍하고 굶주렸던 내게 딜라이트는 삶의 원동력이자 에너지의 원천, 행복 그 자체인 존재였기에 그 맛이 다른 디저트와 비교해서 객관적으로 어떤지는 중요하지 않다. 그것은 적어도 내 인생 최고의 디저트로 평생 기억될 것이다.

돈을 쓰는
나만의 원칙

하반하에서는 매주 '정산'을 한다. 정산은 용돈을 받는 것이다. 매주 꾸준히 일정한 금액을 받는 것이 아니고 그 주에 내가 공부한 것, 활동한 것, 생활 태도에 따른 보상으로 용돈을 받는다. 우리는 매주 토요일에 일기와 영어 단어 암기, 영어 독해 등을 써니쌤에게 확인받고, 일요일에 대장님에게 돈을 받았다.

나는 1차 정산 때부터 14차 정산 때까지(14주간) 하나도 쓰지 않고 모아서 총 270.9리라를 벌었다. 숫자로는 아주 어마어마해 보이지만 사실 우리나라 돈으로 6만 원 정도이다. 우리나라에 있을 때는 별 생각 없이 엄마에게 요구하면 받을 수 있는 돈이고, 씀씀이에 대한 계획 없이 필요할 때마다 지갑에서 꺼내 쓸 정도의 돈이다. 하지만 270.9리라는 달랐다. 한 번에 거저 얻은 돈이 아니었다. 매일 새벽에 일어나 단어를 외우고, 밤늦게까지 일기를 쓴 대가였다. 피땀 흘려 벌어서 매주 차곡차곡 지갑에 잘 모셔 두었던 돈이었다. 한참 동안 들여다보며 뺄까 말까 고민한 끝에 결국 건드리지 않은 돈이었다. 그만큼 지갑 속에 오랫동안 꼬깃꼬깃 묵혀 두었던 돈이라 그런지 그 냄새도 더 사랑스럽고, 그 모양새도 더 아름다웠다.

이 귀한 녀석을 정말 잘 쓰고 싶었다. 나는 터키 이스탄불에서 전 재산을 대방출하기로 결심했다. 그런데 막상 이스탄불에 도착하니 머리가 복잡했다. 그동안 사고 싶은 것은 너무 많았는데 가진 돈은 그것을 다 사기에는 턱없이 부족했기 때문이다. 터키시 딜라이트, 돈두르마 아이스크림, 터키 전통 옷, 머플러, 악마의 눈 장식품, 볼펜, 수정 테이프. 사고 싶은 것들과 함께 사야 하는 것들도 떠올랐다. 써니쌤과 대장님에게 드릴 선물, 찬희쌤에게 드릴 선물, 호근이 생일 선물, 가족들에게 줄 기념품. 우리나라에서는 다른 사람에게 선물을 준 다음에도 내가 갖고 싶은 것을 살 수 있었지만 지금은 주는 만큼 내 것을 포기해야 했다. 나는 갖고 싶은 것과 선물 사이에서 갈등했다. 내 것을 포기하기가 쉽지 않았다. 매일 밤 혼자 끙끙대며 고민하다가 먼저 지출 원칙을 세워 봤다.

 이스탄불에서의 지출 원칙

1. 100리라는 그동안 내가 그토록 먹고 싶어 한 딜라이트를 사는 데 사용한다.

-> 나 자신에게 이 정도 보상은 해 주어야 또 다시 힘을 얻어 열심히 정산을 할 수 있을 것 같다.

2. 40리라 이상은 아이들과 무언가 나눠 먹는 데 사용한다.

-> 이동 때마다 항상 짐이 되고, 평소 일을 할 때도 다른 아이들에게 도움을 많이 못 주어서 돈을 벌면 꼭 아이들에게 맛있는 것을 사 주어 고마움에 보답하고 싶다는 생각을 했다. 그리고 내가 잘 번 것에 감사하는 의미로 사회에 환원하는 차원이기도 하다.

3. 써니쌤과 대장님 선물, 찬희쌤 선물, 호근이 생일 선물은 총 100리라 안에서 반드시 산다.

-> 이걸 사지 않으면 분명 후회할 것이다. 내 것을 사는 데도 마음이 불편할 것이다.

4. 이스탄불을 떠나기 전에 이 돈을 한 푼도 남김없이 몽땅 사용한다.

-> 나는 그동안 번 돈을 전부 다 터키 돈인 리라로 받았다. 저축도 하지 않았다. 이제부터 그 나라에서 번 돈은 그 나라에서 다 써 버리기로 했다. 이번에 꺼낸 돈은 터키에서 몽땅 시원하게 다 써 버릴 거다. 터키 경제도 살려 줄 겸. 돈을 쓰다 보면 또 마음이 흔들릴까 봐 미리 이렇게 원칙을 정해 둔다.

이스탄불에서 처음으로 돈을 대방출한 날은 6월 26일이었다. 이날 가장 먼저 내가 먹을 딜라이트를 샀고, 그런 다음부터 계획에 맞춰 선물을 샀다. 써니쌤과 대장님께 어떤 선물을 드릴까 고민하다가 내가 가장 좋아하고 아끼는 것을 나누고 싶다는 생각이 들어 딜라이트를 드리기로 결정했다. 내 딜라이트를 사고 써니쌤과 대장님 드릴 딜라이트도 한 상자 더 샀다. 이 선물을 사는 데 모두 53리라를 썼다. 호근이 생일 선물로 악마의 눈 열쇠고리를 샀다. 이 코뿔소 모양의 열쇠고리가 호근이와 왠지 잘 어울리는 것 같았다. 이것은 원래 3리라였는데 흥정해서 2리라에 샀다.

그리고 아이스크림을 22개 샀다. 원래는 오레오 아이스크림콘을 사 주고 싶었는데, 그건 한 개에 4.5리라라 너무 비쌌다. 그 대신 한 개에 2리라인 초코바를 샀다. 그동안 아이들에게 신세진 것도 많고 도움도 많이 받았는데, 아이스크림으로 고마움을 표현할 수 있어 기뻤다. 나를 대신해 물을 몇 번씩 더 나르고, 짐을 몇 개씩 더 드는 아이들을 위해 내가 할 수 있는 건 열심히 번 돈을 함께 나눠 쓰는 것이란 생각이 들었다. 아이스크림이 총 44리라였는데 4리라를 깎아서 딱 40리라에 샀다. 40리라 이상을 아이들과 나눠 먹는 데 지출하겠다고 했는데, 계획에 딱 맞아떨어졌다. 안 드시는 선생님들 걸 안 샀으면 40리라보다 적게 나왔을 텐데, 딱 40리라를 지출할 운명이었나 보다.

숙소 근처 아트샵에서 마음에 드는 두건을 하나 건졌다. 주인이 직접 만든 것이란다. 안 그래도 터키 전통 옷이나 스카프 같은 것을 사고 싶었는데, 이 두건을 보자마자 바로 '이거다!' 하는 생각이 딱 들었다. 원래는 65리라였는데 써니쌤께서 잘 흥정해 주셔서 50리라에 샀다.

이밖에도 파우치 3개 5리라, 엽서 3개 3리라, 악마의 눈 목걸이 2
개 30리라, 찬희쌤 작별 선물(악마의 눈 장식품)로 15리라를 쓰고,
남은 돈은 나중에 공항에서 모두 선생님들에게 기증했다. 이렇게
해서 270.9리라를 모두 사용했다.

 이스탄불에서의 지출 목표 달성 내역

1. 100리라는 그동안 내가 그토록 먹고 싶어 한 딜라이트를 사는
데 사용한다.
-> 무스타파에서 104리라, 사파가에서 7.5리라를 딜라이트를 먹
는 데 지출했다. 목표 달성!
2. 40리라 이상은 아이들과 무언가 나눠 먹는 데 사용한다.
-> 아이스크림을 40리라어치를 사 먹었다. 목표 달성!
3. 써니쌤과 대장님 선물, 찬희쌤 선물, 호근이 생일 선물은 총
100리라 안에서 반드시 산다.
-> 써니쌤과 대장님 선물 53리라, 찬희쌤 선물 15리라, 호근이
선물 2리라를 합쳐서 총 70리라를 사용했다. 목표 달성!

어때? 아무 데서나 안 파는 고품격 핸드메이드 두건이라고!

4. 이스탄불을 떠나기 전에 이 돈을 한 푼도 남김없이 몽땅 사용한다.

-> 정말 한 푼도 남기지 않고 다 사용했다. 목표 달성!

나는 처음에 세웠던 네 가지 원칙을 모두 지켰다. 이스탄불에서의 지출은 철저한 계획에 따라 이루어졌다. 이런 경험을 통해 처음으로 돈을 쓰는 행복과 돈을 쓰는 데 따르는 여러 고민과 딜레마에 대해 알게 되었다.

사실 이렇게 원칙을 세워 돈을 쓴 것은 이때가 처음이다. 어렸을 때 엄마가 돈을 계획적으로 쓰는 습관을 길러 주려고 매번 용돈 기입장을 사 주셨지만, 나는 항상 기입장에 적어 둔 계획과 무관하게 마음대로 돈을 썼다. 아마 그때는 필요한 것이 있으면 언제든 부모님이 사 주실 것이라는 생각에서 그랬던 것 같다. 나는 무한한 자원이 주는 행복보다 한정된 자원 안에서 벼르고 별러서 가장 갖고 싶은 것을 살 때의 기쁨과 행복이 더 크다는 것을 깨달았다.

이번 지출에서 아쉬운 점이 한 가지 있다면 돈을 너무 짧은 기간에 한꺼번에 썼다는 것이었다. 원칙까지 세우긴 했지만, 단 며칠 만에 돈을 다 쓴다는 것은 정말 어려운 일이었다. 돈을 쓰는 내내 조금 더 여유를 갖고 싶다는 생각이 들었다. 다음부터는 그때그때 갖고 싶은 것, 먹고 싶은 것이 있을 때 돈을 써야겠다고 생각했다.

교실 밖 아이들

일주일간 '스포츠 위크'를 진행했다. 더 다양한 스포츠를 하고 싶다는 아이들의 건의로 만들어진 주간이었다. 우리는 매일 축구, 피구, 미식축구 등등의 스포츠나 게임을 하나씩 했다.

　토요일은 마지막 결승전 날이었다. 우리는 닭싸움과 꼬리잡기 놀이를 했는데, 우리 팀은 닭싸움에서 지고 꼬리잡기에서 이겼다. 우리 팀은 스포츠 위크 최종 스코어 5:3으로 최종 우승과 함께 상금 5달러를 거머쥐었다.

오늘은 내가 골키퍼!
골 넣을 생각을 마!

일주일 동안 게임을 하면서 아이들이 참 놀기 좋아한다는 사실을 알았다. 나는 조금만 뛰어도 힘이 쫙 빠져서 항상 게임이 끝나기만을 기다리는데, 아이들은 그렇게 열광적으로 게임을 하고도 힘이 남아도는지 매번 또 다른 게임을 하자고 했다. 이렇게 열심인 아이들이 단어 시험 보기 싫다고 불평하던 그 아이들이 맞나, 책을 읽을 때면 꾸벅꾸벅 졸던 그 아이들이 맞나 의심이 들었다. 공을 들고 달릴 때 아이들의 모습은 마치 목표물을 위해 눈에 불을 켜고 거침없이 달려드는 독립투사들 같았다. 이때만큼은 나라를 구하기라도 할 것 같은 불타는 의지와 열정을 가지고 있었다.

학교 다닐 때 수업에 집중을 못 하던 친구들이 생각났다. 서로 키

득거리며 웃고 떠들고 장난치고, 수업이 시작되기도 전부터 담요를
머리끝까지 덮고 엎드려 있던 아이들. 선생님은 언제나 한숨 쉬며
그 아이들을 한심한 듯 쳐다봤고, 일으켜 벌을 세우거나 말없이 수
행 평가 점수를 깎았다. 나의 대응도 마찬가지였다. 이런 아이들을
'수업 방해자'라고 생각했다. 도통 이해할 수가 없는 반항기 가득한
애들이라며 고개를 내저었다. 당연히 아이들의 개별적인 문제이고
잘못이라고만 생각했지 다른 이유가 있다고는 생각하지 않았다. 저

아이는 무슨 문제가 있기에 집중을 못 할까, 왜 저렇게 무기력할까 이렇게만 답을 찾으려고 한 것이다.

중학교 3년간의 연구에도 찾지 못한 이 물음에 대한 답을 이제야 찾았다. 아이들이 집중하지 못할 수밖에 없는 이유는 아이들 개개인의 문제라기보다는 학교와 수업의 문제였다. 이렇게 뛰어놀기 좋아하는 아이들이 학교 책상에만 앉아 있으려니 답답할 수밖에 없었던 것이다. 아이들은 밖에서 축구를 하고 게임을 하고 마구 소리를 지르고 몸으로 직접 배우고 느끼고 싶은 것이다.

그런데 학교는 좁은 교실 안에서 한 시간도 아니고 6, 7시간이 넘는 시간 동안 내내 한자리에 가만히 앉아 있게 한다. 모든 것을 두꺼운 책 속 빽빽한 글자로 배우라고 한다. 몸이 아니라 머리로, 체험의 과정이 아니라 이미 나와 있는 결과 위주로 가르친다. 이 아이들이 원래 의지가 부족하거나 무기력해서가 아니라 동기 부여가 전혀 되지 않는 수업 방식 자체가 문제였던 것이다. 나처럼 운동도 못하고 몸 쓰는 것도 싫어해서 웬만하면 앉아서 책 보고 공부하는 것이 더 좋은 아이에게도 쉬운 일이 아니다.

하지만 세상은 마치 아이들의 잘못처럼, 아이들의 의지가 부족해서인 것처럼 보이게 한다. 잘못은 집중 못 하는 아이들에게 있는 것이 아니라 집중 못 하게 만든 학교 수업에 있는 것인데 말이다.

어쩌면 이런 수업 형식과 교육 시스템을 만든 사람 역시 움직이기 싫어하고 가만히 앉아 있는 것이 딱 체질인 사람들이 아닐까. 지금의 교육 시스템 안에서는 배우고 깨닫는 다양한 방식이 인정되지 않는다. 교실이라는 공간은 모든 아이가 자신에게 내포된 그 모든 열정과 의지를 펼쳐 내기에는 너무 좁다. 대부분의 아이들은 이 숨 막히는 공간에서 날갯짓 한번 못하고 자포자기한다.

밖에서는 이렇게 독립투사만큼 열정적인 아이들을 일정한 틀 안에서만 보고 평가하는 것은 잘못되었다. 교실에서 떠들고 뛰어다니고 자는 아이들을 무조건 혼내고 조용히 시킬 것이 아니라, 아이들에게 자신의 특성대로 충분히 능력을 발휘하고 몸으로 배울 수 있는 시간과 공간을 마련해 줘야 한다. 잘 뛰어노는 것과 공부를 잘하는 것은 동등한 능력이다.

이집트 바다에서
새로운 세계를 만나다

이집트에 도착한 때는 7월 초였다. 정말 이집트는 머리에서 땀이 물줄기처럼 흘러내릴 정도로 뜨거웠다. 사실 나는 찜질방 숯가마에 들어가도 몸에 물기만 생기는 정도여서 평생 땀을 줄줄 흘려 본 적이 없었다.

우리가 묵은 세븐 헤븐 호텔은 스쿠버 다이빙 선생님 일곱 명이 운영하는 게스트 하우스였다. 스쿠버 다이빙 선생님들은 서로 형, 동생, 사촌, 부부 관계로 이루어진 대가족이었다. 우리는 매일 선생님들과 함께 숙소 앞바다에서 스쿠버 다이빙을 했다.

내 경험상 거의 모든 레저 스포츠의 문제는 장비가 과도하게 거창해서 본격적으로 시작하기도 전에 장비 착용만으로 힘이 다 빠져 버린다는 것이다. 스쿠버 다이빙 역시 그랬다. 우리는 먼저 두꺼운 슈트를 입고 장화 같은 신발을 신었다. 슈트는 아주 쫀쫀해서 다리 하나, 팔 하나 넣는 데에도 기가 빨렸다. 아직 덜 마른 슈트에서 흘러나오는 바닷물은 안 그래도 숨 막히는 몸뚱이를 찝찝하게 적셨다. 그러고는 조끼에 산소통을 끼우고 등에 멨다. 산소통은 주로 15킬로그램짜리를 사용하는데 나는 8킬로그램쯤 되는 어린이용 산소통을 받았다. 나는 10킬로그램 배낭을 멨던 것을 떠올리며 자신감을 갖고 이 산소통을 번쩍 들어올려 멨다. 산소통 무게는 익숙했지만 무겁다는 사실은 변함없었다. 친구들 말에 따르면, 내가 산소통을 메고 바다까지 걸어가는 모습이 흡사 도축장으로 끌려가는 돼지 같다고 했다.

바다에 도착해서 우리는 마스크를 쓰고, 산소통과 연결된 레귤레이터를 입에 물고 물속에 들어갔다. 우리는 물속에서 선생님의 지시 사항에 따라 상승하고 하강하기, 마스크에 물이 찼을 때 물 빼기, 산소통에 공기가 부족할 때 스쿠버 다이빙 짝꿍인 버디의 레귤레이터로 바꿔서 호흡하기 등의 임무를 수행했다.

처음 스쿠버 다이빙을 시작한 날, 나는 공포에 질려서 물속에 있는 내내 울었다. 숨이 잘 안 쉬어지고, 귀가 터질 듯이 아프고, 추워서 몸이 계속 떨렸다. 그런데 이런 내가 무안하게 느껴질 만큼 다른 아이들은 끄떡없이 물속에서 신이 나서 장난치며 놀았다. 혼자서만 나가겠다고 할 수도 없고, 그렇다고 다 같이 나가자고 할 수는 더더욱 없었다. 그래서 나는 마스크에 눈물이 가득 차올라 앞을 볼 수조차 없을 때까지 혼자 숨죽여 울기만 했다.

스쿠버 다이빙을 시작하기 전에 써니쌤이 스쿠버 다이빙은 잘할 것 같은 아이들이 못하기도 하고, 의외로 못할 것 같은 아이들이 잘하기도 한다고 해서, 혹시나 못할 것 같은 내가 의외로 이쪽에 재능이 있지 않을까 하는 희망을 품었다. 그런데 역시나 아니었다. 재능은 개뿔. 물속에서도 육지에서와 똑같은 약골이었다. 스쿠버 다이빙을 하며 내가 스포츠와는 정말 거리가 멀다는 사실만 다시 한번 확인했다.

내 앞에 나타난
미지의 세계

나의 바다가 채워지다

스쿠버 다이빙을 한 지 2주가 조금 지나서야 비로소 바닷속 구경을
할 수 있는 약간의 여유가 생겼다. 바닷속에는 산호와 물고기가 정
말 많았다. 만화 영화 <니모를 찾아서>에 나오는 물고기들 같은 귀
여운 물고기들이 입을 뻐끔뻐끔하며 헤엄쳐 다녔고, 멸치 떼들이
반짝이며 줄지어 이동했다. 산호도 꽃처럼 생긴 보라색 산호, 조개

껍데기 비스무리하게 생긴 파란색 산호, 팝콘을 둥그런 반구에 붙인 듯한 산호, 술안주용 땅콩을 연달아 붙여 놓은 듯한 산호, 상추 같기도 하고 다시마 같기도 한 산호 등 종류가 다양했다.

푸른 가그린색 바다와 그 속의 알록달록한 바다 생물들은 다큐멘터리에서 봤던 바다 세계의 모습 그대로였다. 이런 바다는 다큐멘터리 속에만 존재한다고 믿었는데, 그 세계를 내 두 눈으로 똑똑히 보았다.

그 세계는 정말 '신세계'였다. 내가 알지 못하는 새로운 세계, 새로운 행성을 발견한 듯한 기분이었다. 그래서 왠지 희망찼다. 이쪽 세계에서 버림받아도 나를 받아줄 저쪽 세계가 또 하나 있다는 생각이 들었기 때문이다. 콜럼버스가 신대륙을 발견했을 때 어떤 기분이 들었을지 조금 이해가 되었다.

우리는 발아래 생물들을 건드리지 않으려고 최소한으로 움직이며 얌전히 수영했다. 가늘고 여리여리한 멸치 떼들과 물고기들을 보니 정말 조금만 툭 쳐도 죽을 수 있겠다는 생각이 들었다. 쓰레기나 오염 물질을 바다에 배출하면 바다 생태계에 이상이 생긴다는 이야기가 그제야 제대로 이해되었다. 작고 귀여운 물고기들과 이미 눈을 마주쳐 버려서 앞으로는 샴푸를 쓸 때도 마음에 걸릴 것 같다.

꽉 끼는 슈트를 입고 산소통을 멜 때는 '이런 고생을 하면서까지 다이빙을 해야 하나' 싶었지만 막상 물에 들어가서 물고기들이랑 산호를 보면 '이래서 다이빙을 해야 한다니까' 싶었다. 해수욕장에서 열 번 물놀이를 하고, 바다 위에서 한 달간 윈드서핑을 해도 보지 못한 이 세계는 물속 깊이 들어가 눈으로 관찰해야 발견할 수 있는 세계였다. 8킬로그램의 산소통을 감수한 덕분에 파도뿐이었던 나의 텅 빈 바다는 산호와 귀여운 물고기들, 바다거북, 가오리로 가득 채워졌다.

호떡 사세요

이집트 다합에서 우리는 장사를 시작했다. 큰돈을 벌려는 목적이
아니라 용돈벌이 정도였다. 처음에는 고구마튀김을 팔았다. 고구마
에 밀가루를 묻혀 기름에 튀겼다. 우리나라에서는 많이 먹는 간식
이지만 이집트에는 이런 것이 없었다. 사실 이방의 음식으로 이집
트 사람들을 설득하겠다는 것은 위험이 큰 도전이었다.

역시 예상한 대로 이집트 사람들은 대부분 고구마튀김을 이해하
지 못했다. 'sweet potato'라고 설명해 줘도 고기가 들어 있느냐, 단

고구마튀김 사세요~
아주 바삭하고 달콤한
고구마튀김이에요~

음식이냐 하는 등의 물음과 의심

이 끊이지 않았다. 처음 장사를 나간

시간이 보통 4시쯤이었는데 이집트 사람들

은 배를 툭툭 치며 너무 배가 불러서 먹을 수가 없다고 했다. 우리

는 장사 시간이 식사 시간과 겹쳐서 그런 것인 줄 알았는데 사실 그

것과 전혀 무관했다. 왜냐하면 낮 12시에 장사를 나가도, 밤 8시에

장사를 나가도 언제나 똑같은 이유로 거절당했기 때문이다. 배부르

다는 것은 그저 이집트 사람들이 정중하게 거절을 하는 방법이었

다. 우리는 그런 줄도 모르고 거절하는 아저씨들 앞에서 몇 번이고

음식에 대해 설명하고, 설득하기를 반복했다. 설득 끝에 돌아온 '미

안하다'는 대답을 듣고서야 노력이 헛되었음을 알았다.

결국 고구마튀김을 사 준 것은 우리나라 사람들이었다. 다합에

여행 온 한국인 부부, 스쿠버 다이빙을 배우러 온 한국인 가족들 등

등. 우리가 안쓰러워 보였는지 안 팔리는 고구마튀김을 하나씩 사 주었다. 우리는 연신 감사하다고 고개를 숙였다. 하지만 장사 나갈 때 가져간 튀김의 반 이상을 도로 가지고 돌아왔다. 고구마튀김 장사는 실패였다.

우리는 고구마 장사의 참패를 경험한 뒤 메뉴를 호떡으로 바꿨다. 호떡 반죽은 정우 전문이어서 정우가 새로운 사업의 사장 자리를 맡았다. 나머지 아이들은 직원이 되어 호떡 속을 채우고, 굽고, 장사하는 일을 했다. 고구마튀김 장사 실패 이후로 사업에 흥미를 잃은 나는 호떡 열 개를 만들면 호떡 한 개를 공짜로 먹게 해 준다는 정우 사장님의 얘기에 다시 사업에 참여하게 되었다. 그랬다가 호떡을 하나 더 먹고 싶어서 장사도 나가게 되었는데, 호떡 장사는 아픈 과거를 잊어버릴 만큼 성공적이었다.

호떡은 고구마튀김보다 이집트 사람들에게 반응이 훨씬 좋았다. 나는 예전에 교회 바자회에서 참기름과 들기름을 팔았을 때 발휘한 호객 실력으로 손님을 많이 모았다. 그렇게 매일 장사에 나가 우수한 실적을 쌓자 어느새 하반하 호떡 컴퍼니의 영업 부장 자리에까지 앉게 되었다.

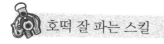
호떡 잘 파는 스킬

1. 일단 길을 가는 사람에게 망설이지 말고 따라 붙어서 "Do you wanna taste Korean pancake?" 하고 묻는다.

2. 의심의 눈초리를 보내면 "It's handmade and organic! We made it by ourselves."라고 말하면서 음식에 대한 믿음을 준다. 이때 시식용 호떡을 내밀며 맛보도록 권한다. 고기가 들어간 음식으로 오해하는 사람들도 많으니 "Very sweet!"이라고 말하면서 "No meat, just flour and sugar."라고 얘기한다.

3. 시식을 하는 중에 자연스럽게 가격에 대해 언급한다. "One at 4£E."라고 한 뒤 "But we give three at 10£E."를 강조해서 세 개를 살 수 있도록 최대한 유도한다.

4. 호떡에 관심이 약간이라도 있는 사람들은 "Really? You made this?"하고 되묻거나, 왜 만들었느냐, 무슨 목적으로 장사를 하는 것이냐, 어떻게 만들었느냐 등 더 관심을 보인다. 그러면 이때 "We are students on traveling. We are from South Korea."라고 말하며 "We are learning Business."라고 얘기해 사람들이 곧바로 호떡을 살 수 있도록 최대한 어필한다. 그러면

사람들이 고개를 끄떡이며 아주 멋있다고 칭찬하거나, 하고 있는 일을 응원한다며 호떡을 사 줄 것이다. 사진까지 함께 찍자고 한다면 성공이다. 만약 맛있긴 한데 지금은 너무 배부르다고 한다면, "Why don't you keep it for later? You'll be hungry at night!"이라고 재치 있게 얘기하면서 최대한 설득해 본다.

5. 이 과정을 모두 성공하면 "Thank you so much! Have a good day!"라고 웃으며 인사한다. 만약 장사에 실패하더라도 상심하지 말고 꼭 웃으며 인사한다.

이것은 내가 성공과 실패를 수차례 거듭하며 터득한 장사 기술이다. 사실 성공한 횟수만큼 실패와 거절도 경험했다. 열심히 설명하는 중간에 "필요 없다"는 싸늘한 대답을 듣기도 했고, 우리를 이상하게 바라보는 시선과 의심 역시 피할 수 없었다. 때로는 나 스스로 지나가는 사람들을 붙잡으려고 애쓰는 길거리에 버려진 처량한 소녀처럼 느껴질 때도 있었다. 하지만 이런 것들은 울타리 밖 냉철한 현실 사회에서 장사하기 위해서는 피할 수 없는 것들이었다. 우리가 학생이고, 선심을 가졌다는 이유만으로 사람들에게 호떡을 사

달라고 할 수는 없는 터. 우리는 우리와 호떡에 대해 어필할 방법에 대해 고민했고, 궁극적으로 이것은 장사를 성공으로 이끄는 데 기여했다.

어느새 나는 호떡을 살 것 같은 분위기를 풍기는 사람과 그렇지 않은 사람을 눈으로 훑어보고도 대충 파악할 수 있게 되었다. 그리고 고객에 따라 애교 있는 말투, 당찬 말투, 똘똘해 보이는 말투 또는 불쌍한 표정, 인상 좋아 보이는 표정, 실망한 표정 등을 적절히 잘 배합해 더 호소력 있는 장사를 할 수 있게 되었다.

그러나 절대 거짓 장사는 하지 않는다는 것이 정우 사장님의 사업 원칙이었기 때문에 오직 진실된 마음과 장인 정신으로 장사를 했다. 며칠씩 연이어 장사를 하다 보니 언제부턴가 우리를 알아봐 주는 손님도 생겼다. 또 장사를 나왔냐며 반갑게 아는 체 해 주는 사람들, 단골손님이 되어 항상 호떡을 두세 개씩 사 주는 분들, 이분들은 대부분 식당이나 상점 주인아저씨들이었는데, 우리를 경쟁자로 생각해 쫓아내는 대신 같은 장사꾼으로 많은 응원과 격려를 해 주었다. 특히 우리가 장사가 잘 안 되어서 주변을 배회하고 있으면 아저씨들은 아는 사람들을 소개해 주거나 어느 쪽으로 가 보라고 일러 주기도 했다.

사업을 응원한다며 호떡은 안 사고 돈만 주고 가는 손님도 있었다. 또 너무 기특하다며 나중에 이집트 카이로에 있는 자기 집으로 놀러 오라던 아저씨도 있었다. 우리는 함께 사진을 찍고 이름과 메일 주소를 나누었다. 장사 중에 이렇게 새로운 친구도 사귀었다.

새로운 꿈이 생기다

사업 후반부에 박정우 사장이 사장 자리를 박탈당하는 일이 있었다. 직원들 사이에서 정우가 사장 역할에 불성실하다는 얘기가 나오자 우리 사업의 최고 권위자인 써니쌤이 정우를 잘랐다. 사장이 사라졌지만 원래 있던 직원들은 새로운 사장을 뽑는 대신 협동조합 형태로 다 함께 사업을 이끌어 나가기로 결정했다. 이전에는 정우 사장의 엄격한 스타일 때문에 새로운 모양의 호떡을 개발하지 못했는데, 직원들끼리만 있으니 마음이 잘 맞아서 더 많은 아이디어를 자유롭게 나눌 수 있었다. 아이스 호떡, 미니 호떡, 납작 호떡…. 우리는 얘기가 나올 때마다 바로바로 만들어 보았고, 덕분에 호떡은 이틀 만에 엄청나게 업그레이드되었다. 크기는 더 작아졌지

만 더 바삭해지고 모양이 깔끔해졌으며 먹기에도 편해졌다. 정우에 겐 정말 미안했지만 역시 아이들에겐 엄마가, 직원들에겐 사장이 없는 환경이 가장 좋은가 보다. 우리의 장사 수완도 한층 늘었다.

우리는 총 7회 호떡 장사로 약 470£E 정도를 벌었다. 사실 재료 비와 인건비를 생각하면 적자를 겨우 면한 정도였지만, 그래도 생 판 모르는 외국 땅에서 장사를 해 이 정도 벌었으면 엄청난 성공인 셈이다. 우리는 이 돈으로 이집트의 똥싼바지를 사 입었다.

호떡 장사를 경험하며 일생에 꼭 한번 장사를 제대로 해 보고 싶 다는 꿈이 생겼다. 장사할 것을 만들고, 그것을 팔기 위해 사람들을 만나는 일은 무척 재미있고, 뿌듯하기 때문이다. 결정적으로 이번 호떡 장사를 통해 장사가 내 적성에 아주 잘 맞는다는 것을 확인했 다. 나의 첫 회사, 하반하 호떡 컴퍼니에서의 영업 부장 경력을 바탕 으로 언젠가 작은 가게를 꾸려 운영해 보고 싶다.

정우가 가장
멋졌을 때

나와 함께 여행을 한 친구들 중 가장 독특한 아이를 꼽으라면 단연 정우다. 정우는 자기 캐릭터가 굉장히 뚜렷한 아이다. 먹기 좋아함, 솔직함, 강한 집념, 게으름, 겁 많음. 이것들이 정우를 설명하기에 가장 적절한 단어들일 것이다.

먼저 정우는 낙천주의자다. 하반하 여행 이전의 삶에 대해선 잘 모르겠지만 적어도 내가 6개월 동안 봐 온 정우는 '현재를 즐기고, 본능에 충실하자'를 모토로 사는 아이였다. 이렇게 들으면 좀 멋있고 그럴싸해 보일지 모르겠지만 사실 이건 다른 말로는 '게으름'을 뜻한다. 정우는 절대 주말에 미리 과제를 준비하지 않고, 꼭 제출 시간을 두세 시간 앞두고 부리나케 글씨를 휘갈겨 아슬아슬하게 제출했다. 아침 일찍 일어나는 것을 무척 싫어했으며, 어렵게 깨워도 다시 잠들었다. 그래서 기상 시간 한 시간 뒤에 보는 단어 시험에서 언제나 한결같이 노패스no pass를 당했다.

'미리미리 준비하여 완벽히 수행하자'가 모토인 나는 이런 정우를 참을 수가 없었고 우리 이념은 너무 완벽히 대립되어서 완충 지대가 없었다. 특히 같은 정산 팀이었을 때는 전쟁의 연속이었다. 결국 서로 건드리지 않는 것이 최선이란 것을 파악하고 타협을 포기했다. 사실 할 일을 쌓아 두고 연애 소설을 읽는 정우를 이해할 수 없지만, 정우가 적어도 나보다 행복하게 살고 있다는 것만큼은 인정할 수밖에 없다. 내가 숙제하느라 정신이 없을 때 소파에 누워 실실 웃으며 책을 읽는 그 녀석이 어찌나 부럽던지. 아무튼 정우는 미래를 위해 현재를 아끼지 않는 아이다.

오랜 관찰을 통해 정우가 엄청난 열정을 보이는 때가 딱 두 경우 있다는 것을 알아냈다. 바로 먹을 때와 요리할 때다. 정우의 최대 관

심사와 최대 장기는 아마도 '음식'과 '먹기'일 것이다. 음식을 향한 정우의 눈빛. 사랑과 열정과 탐욕과 불안과 설렘과 긴장이 서린 그 눈빛 속에서 인간의 거의 모든 감정을 보았다. 정우에게 음식은 그러니까 사랑하는 애인 같은 존재인지도 모르겠다. 정우의 소화력은 너무나도 탁월해 밥 두 그릇은 기본이고, 최대는 아마 다섯 그릇까지도 먹을 수 있을 것이다(더 먹을 수 있을지도?). 정우는 6개월 동안 내가 다 못 먹고 남긴 밥을 책임져 준 고마운 친구이기도 하다.

이 친구는 먹는 것뿐만 아니라 요리 실력도 뛰어났다. 요리 경연

대회에서 한 팀이 되었을 때 정우의 새로운 모습을 볼 수 있었다.

　"토마토소스는 이 정도면 되고, 고기는 3킬로그램 정도 사면 돼. 토마토소스에 감자랑 버섯이랑 양파랑 당근을 넣어 덮밥을 만들자. 호떡은 밀가루 2킬로그램에 소금이랑 물 넣어서 내가 만들게."

　정우는 이날 메뉴를 돼지고기 덮밥과 호떡으로 정하고 주방장이 되어 나머지 팀원들에게 착착 지시를 내렸다. 어느 정도의 양인지 감도 못 잡겠는 20인분이 넘는 양을 정우는 대충 보고 가늠했다. 또 모두들 저녁으로 돼지고기 덮밥을 먹기 시작했는데도 미리 만들어 놓아야 한다며 부지런히 호떡 반죽을 만들었다. 가장 좋아하는 밥 먹기를 제쳐 두고 말이다! 정우가 어떤 일을 이렇게 열정적으로 하는 모습은 처음 봤다. 이날이 아마 6개월 여행을 통틀어 정우가 가장 멋있던 날이었던 것 같다.

　정우는 아주 솔직한 아이다. 정우가 하는 말은 절대 거짓말이 아니라는 점을 보장할 수 있다. 정우가 얼마나 솔직하냐 하면 아주 공식적인 자리에서 내게 "넌 너무 답답한 아이다. 널 절대 이해할 수가 없다"라고 발언한 적까지 있다. 흑! 너무 직설적이긴 하지만 정우의 입장에서는 사실 그대로를 말했을 뿐이다. 호떡 장사를 할 때도 내가 '몸에 좋고 건강한 유기농 음식'이라고 광고했더니 정우 사장이 그런 거짓말을 해서는 안 된다고, 이건 엄밀히 말해 유기농이 아니라고 나를 가로막았다. 정우는 장사를 못해 재고가 남는 한이 있더라도 무조건 정직해야 한다는 신념을 갖고 있다. 이런 순진무구한 정신으로 어떻게 이 사회의 거친 풍파와 시련, 차가운 현실을 헤쳐 나갈까마는 어쨌든 정우는 믿을 만한 아이다.

여행을 하면서는 정말 많이 싸웠지만, 사실 정우는 여행 전에 내게 가장 친절히 준비물을 설명해 주고 내가 배낭 메기를 힘들어했을 때도 끝까지 나를 기다려 주고 도와준 아이이기도 하다. 그것은 어쩌면 '처음 보는 여자에게는 무조건 잘해 준다'는 정우의 제1 원칙 때문이었는지 모르겠지만 어쨌든 정우에게 고맙다.

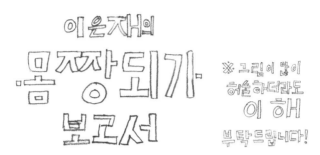

뜻밖의 재능을 발견하다

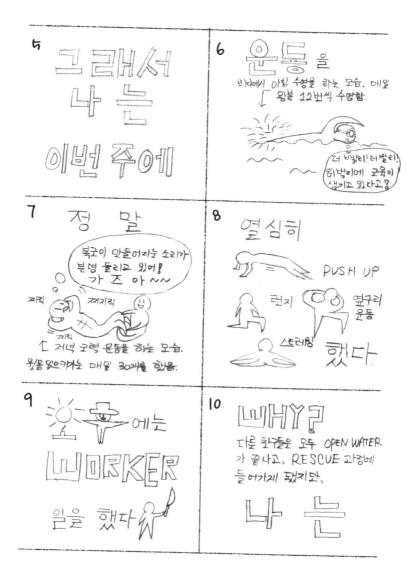

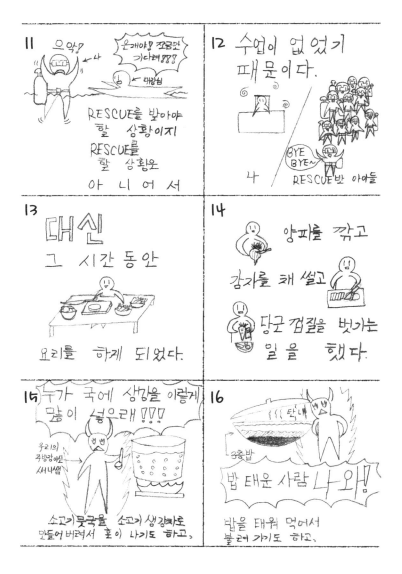

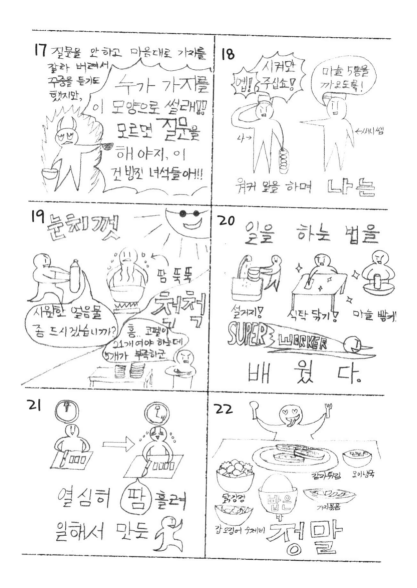

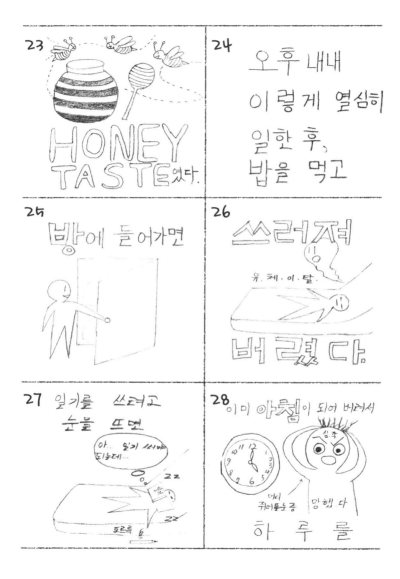

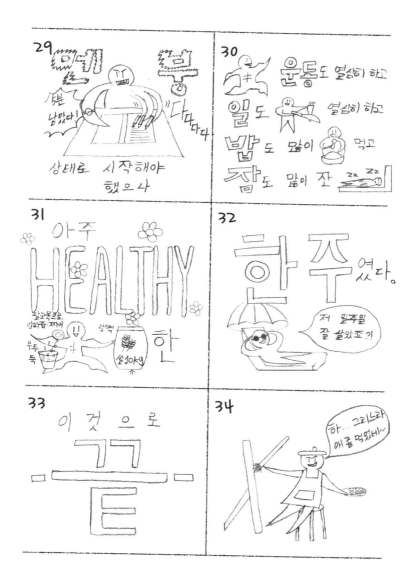

29 먹기 · 걸음 · 5분 남았다! · 따따따 · 상태로 시작해야 했으나

30 운동도 열심히 하고 / 일도 열심히 하고 / 밥도 많이 먹고 / 잠도 많이 잔

31 아주 HEALTHY 한 · 쌀10kg

32 한 주 였다. · 저 일주일 잘 살았죠?!

33 이것으로 끝

34 하... 그러나 애를 먹었네~

대한민국   헝가리   슬로바키아   우크라이나

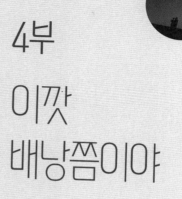

4부

이깟
배낭쯤이야

터키   이집트   대한민국

꼴찌 탈출!

7월 말, 시즌 아이들이 다합으로 왔다. '시즌'이란 방학 한 달만 하반하를 체험해 보는 것이다. 나를 포함한 이번 기수인 '비밀병기'들에게 이 시기는 시험 기간이라고 할 수 있다. 그러니까 그동안 우리가 여행을 하며 배우고 익힌 것들을 갓 날아온 새내기들에게 보여주고 가르쳐 주는 시기, 내가 그동안 얼마나 많이 바뀌었는지 확인하는 시기였다. 시즌 아이들 앞에서 배낭도 잘 못 메고, 요리도 못하고, 운동도 못하는 허술한 모습만 보일까 봐 심히 걱정이 되었다.

이깟 배낭쯤이야

'난 바뀐 게 없는데….'

하지만 걱정과 달리 시즌 아이들과 함께하면서 그동안 알아채지 못한 변화를 깨닫게 되었다. 그동안 매일 아침 하는 바다 수영에 시즌 아이들이 동참했다. 처음에 시즌 아이들은 바다에 들어가기를 망설였다. 완전히 몸을 바다에 담그지 못하고 발만 살짝 대고는 주위를 서성였다. "앗, 차가워!" 하며 소란을 떨기도 했다. 내가 처음 우크라이나에서 바다에 들어갔을 때 반응과 똑같았다. 그땐 '바다' 하면 기겁을 했지만 이제는 한 번에 풍덩하고 잘 들어간다. 수영하기 싫어 가만히 서서 덜덜 떨며 끝날 시간만 기다렸는데, 이제는 머리끝까지 물속에 넣고 바닷속을 구경하며 바다 세계에 감탄할 줄도 안다. 6개월간의 여행이 나를 꽤나 많이 바꾸어 놓은 것이다.

나는 소란을 떠는 여자아이들에게 수영을 시키라는 대장님의 지시를 받았다. 항상 수영을 못해서 대장님께 수영을 배웠던 내가, 이제는 누군가를 이끌고 가르치게 되었다.

나는 아이들에게 함께 열 바퀴 수영을 하자고 했다.

"열 바퀴나요?"

"그 정도는 해야 운동이 되지."

이 대사는 이전의 나와 정말 안 어울리는 대사였다. 언제나 다른 아이들, 선생님들께 들었던 말을 시즌 아이들에게 하고 있자니 감회가 새롭고 기분이 좋았다. 시즌 아이들과의 수영에서 내가 뒤처지면 정말 창피할 거라는 생각에 숨도 안 쉬고 정말 열심히 수영을 했다. 덕분에 나를 앞선 아이는 없었다.

저녁에는 근력 운동을 했다. 우리는 이스탄불에서부터 약 두 달간 저녁마다 매일 근력 운동을 했다. 둥그렇게 둘러앉아서 한 사람씩 돌아가며 자기가 하고 싶은 동작을 보여 주고 나머지 사람들이 그것을 따라 하는 방식이다. 누워서 다리 올리기를 하는데, 시즌 아이들이 모두 다리를 못 올려 낑낑댔다. 아이들 대부분 하는 둥 마는 둥 하다가 중간에 포기했다. 사실 얼마 전까지 내 모습도 이랬지만, 그래도 시즌 아이들 앞에서는 왠지 운동을 되게 잘하는 것처럼 느껴졌다. 그래서 더 열심히 끝까지 전혀 힘든 티를 안 내고 정자세로 운동을 하려고 엄청 노력했다. 윗몸 일으키기를 할 때 시즌 친구가 내 발목을 잡아 줬는데, 내가 윗몸 일으키기를 서른 개나 쑥쑥 하는 것을 보고는 정말 신기하다고, 어떻게 이렇게 잘하느냐고 물었다. 내가 이런 얘기를 듣다니 너무 감격스러웠다. 하지만 덤덤하게 "계속 하다 보면 다 할 수 있다"고 답했다.

계속 하다 보면 잘할 수 있어

어느 날은 복도에서 방문을 못 열어 낑낑대고 있는 여자아이들을 발견했다. 아이들이 내게 방문을 열어 달라고 부탁했다.

'헉! 어쩌지? 나도 지원 형님이 도와줘서 문을 열었는데…'

미리 방문 여는 연습을 해 놓지 않은 걸 무척 후회했다. 일단 크게 숨을 한 번 내뱉고 손잡이를 꽉 잡았다. 그러고는 있는 힘을 다해 손잡이를 돌리면서 앞으로 밀었다. 이전에 지원 형님이 그런 식으로 한 게 기억나 따라 해 본 것이었다.

오! 신기하게도 문이 딸깍 열렸다. 아이들이 박수를 쳐 주었다.

"은재 형님, 대단해요!"

"허, 허, 허. 뭘 이런 걸 가지고."

아주 태연하게 박수를 받고 이후에도 몇 번 더 문을 열어 주었다.

시즌 아이들과 함께 있을 때 정기적으로 식사 준비를 할 특별 워커를 뽑았다. 이 일은 매일 모두를 위한 식사를 만든다는 점에서 나름 명예로운 직책이었다. 나는 이 자리에 지원해서 특별 워커로 임

명되었다. 그전에는 요리와 채소 다지는 일을 가장 못하던 내가 시즌 아이들 앞에서 아주 멋지게 양파 깎는 모습을 보여 주었고, 아이들을 식탁에 앉히고 질서를 유지하는 아주 막대한 임무까지 맡았다. 사람들을 부르고, 이것저것 준비하느라 쉴 새 없이 뛰어다녔다. 하반하에서 이렇게 열정적으로 일을 한 것은 이때가 처음이었다. 어떤 호텔에서는 정수기가 따로 없어서 배달 오는 물을 페트병에 옮겨 담아 각 방에 있는 냉장고에 넣어 두어야 했는데, 그 일도 무척 열심히 했다. 시즌 아이들이 오기 전에는 다른 누군가가 채워 둔 물을 마시곤 했지만 이제는 직접 물을 채우고, 나르고, 아이들에게 제공해 주었다.

　비밀병기 아이들 사이에서는 가장 비실하고 연약하고 힘없는 아이로 통하던 내가 몇 달 만에 시즌 아이들 앞에서 비로소 그 이미지를 탈출한 듯했다. 늘 꼴찌에 운동 못하고 뒤처지는 애였는데 나보다 못하는 아이들이 수두룩 빽빽해 보여 뿌듯하고 통쾌했다. 늘 도움을 받기만 한 내가 이제는 누군가에게 도움을 주고 있었다. 내 한계를 넘어선 기분이었다. 뭐든 꾸준히 오래 하면 된다는 아빠 말이 생각났다. 꾸준함의 놀라운 힘을 비로소 실감했다.

이집트 친구, 잔나

잔나 : 안녕! 나는 잔나야! 내 정식 이름은 Jannah Mahamed(아버지 이름) Gaber(할아버지 이름) Abd el Mohsen(증조할아버지 이름) Osman(고조할아버지 이름) Mohmed(고조할아버지의 아버지 이름)야. 엄청 길지?

은재 : 와우! 이집트 사람들은 똑똑하지 않으면 자기 이름도 못 외우겠다. 너에 대해서 더 소개해 줘!

잔나 : 나는 열세 살이야. 생일은 12월 27일이고. 엄마, 아빠, 여

동생이 있어. 우리 집은 카이로에서 한 시간 거리인 기자 지구에 있어. 종교는 이슬람교야. 우리 가족 모두 이슬람교를 믿어. 그런데 왜 머리에 히잡을 두르고 있지 않냐고? 원하지 않으면 하지 않아도 돼. 나는 모스크에도 가고 싶을 때에만 가. 나는 아랍어, 영어, 프랑스어를 할 줄 아는데, 그중에서도 프랑스어가 가장 좋아. 나중에 의사가 되는 게 꿈이야!

은재 : 3개 국어나 할 줄 아는 거야? 대단한데! 나는 무슬림 여성은 무조건 히잡을 써야 하는 줄 알았어. 이슬람교가 생각한 것보다 좀 더 자유로운 것 같네. 좋아하는 운동이나 노래, 취미 같은 거 있어?

잔나 : 수영이랑 스쿠버 다이빙 좋아해. 스쿠버 다이빙은 어드밴스드 자격증까지 땄어. 우리 아빠는 마스터 자격증을 가지고 있어서 열여덟 살 때부터 세븐 헤븐 다이빙 센터에서 일하셨어. 나는 낙타를 타는 걸 좋아해. 좋아하는 가수는 저스틴 비버! 저스틴 비버의 노래 중에 <sorry>, <cold water>, <despacito>가 제일 좋아. 이집트에서 유명한 가수는 아살라, 암레 디압이야. 그런데 솔직히 이집트 노래는 별로 안 좋아해.

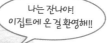

나는 잔나야!
이집트에 온 걸 환영해!!

은재 : 이집트 사람들도 저
스틴 비버를 좋아하는구나.
우리나라 사람들도 저스틴 비버
좋아하는데. 그러고 보니 너랑 나랑 좋아하는 노래가 비슷하다.
우리 지난번에 에드 시런의 <Shape of you>도 같이 불렀잖아!
그럼 너 좋아하는 음식 있어?

잔나 : '막시'는 밥이 안에 든 롤 모양의 이집트 음식인데 그게
제일 맛있어. 디저트 중에서는 오레오 아이스크림이랑 레이어
감자칩 좋아해!

은재 : 오레오 아이스크림? 그건 내가 이제껏 먹어 본 아이스크
림 중 최고의 아이스크림이야! 이렇게 훌륭한 오레오 아이스크
림이 왜 우리나라에는 없는지 모르겠어. 그럼 이제 이집트 학교
에 대해 소개해 줄래?

잔나 : 이집트에는 Primary, Prep, High school 이렇게 세 단계의 학교가 있어. 프랑스어, 아랍어, 종교, 수학, 과학, 사회, 역사 등을 배워. 종교 시간에는 이슬람뿐만 아니라 다른 종교에 대해서도 배워! 우리는 학교에 새벽 5시에 가서 오후 2시에 와. 오후에는 날씨가 너무 덥거든. 일요일부터 목요일까지 학교에 가고 금요일, 토요일에는 쉬어. 5월부터 9월 말까지 5개월 동안 여름 방학이고, 겨울 방학은 한 달이야. 그러니까 방학이 총 6개월인 거지. 학교가 끝나면 주로 집에서 한 시간 정도 낮잠을 자고, 저녁에는 수영 클럽에 가. 친구들이랑 놀 때는 부모님이랑 같이 외출해야 해.

은재 : 그렇구나. 새벽 5시부터 학교에 가려면 엄청 부지런해야겠네. 나 같은 아침형 인간은 이집트 학교가 더 잘 맞겠다! 방학이 6개월이면 공부하는 기간과 쉬는 기간이 딱 반반이구나. 이집트 아이들은 충분히 쉬어서 공부할 에너지도 더 잘 보충할 수 있을 것 같아! 부러워.

잔나 : 이집트 여름은 덥지만 겨울은 날씨가 딱 적당해. 겨울에는 바깥 기온이 10~19도여서 긴 팔을 입어. 이집트 여자들은 모

두 태어난 바로 다음 날 귀를 뚫어. 그래서 이집트 여자들이 다 귀걸이를 하고 다니는 거야.

내가 아랍어를 조금 알려 줄까? 와히둔(1), 아쓰나니(2), 쌀라싸(3), 아르바(4), 캄사(5), 싯타(6), 싸브아(7), 싸마니아(8), 티쓰아(9), 아샤라(10), 암레이(how are you?), 콰이어사(좋다 - 여성일 경우), 콰이어(좋다 - 남성일 경우). 이집트에서는 엄지를 올리고 흔들면 '나쁘다'는 뜻이 되니까 조심해야 돼.

은재 : 이집트에서는 귀걸이 장사가 엄청 잘되겠다! 아랍어 알려 줘서 고마워. 그런데 너무 어려워서 내가 외울 수 있을지 모르겠다. 내가 이집트를 떠나도 우리 계속 연락하자!

잔나는 이집트 카이로에서 우리를 가이드해 준 빅모 아저씨의 첫째 딸이다. 장래 희망이 의사인 잔나는 알고 보니 수영 선수였다. 물에서 너무 잘 논다 했더니 역시나. 잔나는 국가 대표가 될 만큼 유망한 선수인 것 같다. 잔나는 곧 수영 대회가 있어서 매일 수영 연습을 해야 한다고 했다. 나중에 티비에서 이름이 '잔나'인 이집트 수영 선수를 본다면 그게 바로 내 친구이다.

잔나에게 아랍어를 배우는 중에 아주 황당한 일이 있었다. '콰이어'와 '콰이어사'에 대해서 배우는데 내가 '콰이어사'를 쓰면 되냐고 했더니, 잔나가 너는 남자아이니까 '콰이어'라고 말해야 한다고 하는 것이 아닌가. 나는 순간 너무 충격을 받아서 할 말을 잃었다. 우리가 만난 지 거의 일주일이 다 되어 가는데, 잔나는 그동안 나를 남자아이로 착각한 것이다. 얘기를 할까 말까 잠깐 망설이다가 사실대로 여자라고 고백했다. 솔직히 잔나가 너무 큰 충격을 받을까 봐 걱정이 되었다. 그런데 다행히 잔나가 웃으면서 미안하다고 해주어서 우리는 다시 사이좋은 친구가 될 수 있었다. '콰이어'와 '콰이어사'에 대해 배우지 않았다면 헤어질 때까지 잔나의 남자 친구일 뻔했다.

잔나가 내게 팔찌를 주었다. 팔찌에는 이집트 상형 문자로 '조조'라고 쓰여 있는데, '조조'는 잔나의 별명이다. 잔나에게 똑같은 문자가 쓰인 목걸이가 있어서 우리는 우정의 증표로 각자 잔나는 목걸이를, 나는 팔찌를 차고 있기로 했다.

우리나라에 돌아와서 잔나와 페이스북 친구가 되었다. 우리는 메시지도 주고받았다. 잔나는 10월에 열린 수영 대회에서 은메달을

잔나야, 나는 남자가 아니라 여자란다.

받았다고 했다. 그리고 내년 봄쯤 한국에 오기로 했다. 잔나가 오면 꼭 우리 집에 초대해서 관광지 구경도 시켜 주고, 맛있는 음식도 요리해 주고 싶다.

별똥별은 떨어졌다

드디어 진정한 사막 투어를 했다. 이집트 하면 당연히 사막 아니겠는가. 우리는 배낭에 각자 마실 물 한 병과 침낭을 넣고 사막으로 향했다.

이번 사막 투어는 '사막 질주'로 시작했다. 우리는 모두 지프를 타고 사막을 내달렸다. 운전기사 아저씨는 펑크가 날까 봐 출발 전에 타이어에 바람을 뺐다. 차에서는 모로코 노래인 '얄릴리'가 흘러나왔다. 지프는 말 그대로 분노의 질주를 했다. 잔나가 하도 사막 투어가 재미있다고 해서 얼마나 대단한 건가 했더니 진짜 '대박'이었다.

우리 차는 체감 45도 정도 기울었다. 롤러코스터를 타는 기분이었다. 언덕을 올라갈 때는 심장이 쪼그라들었다가 내려갈 때는 심장이 내려앉았다. 63빌딩에서 심장이 추락하는 느낌이었다. 창문을 통해 들어온 모래 알갱이들이 얼굴에 스치고, 머리에 박히고, 앞니에 짝 달라붙었다. 윗니와 아랫니가 부딪힐 때마다 아그작아그작 소리가 머리에 울렸다. 우리는 언덕이 시작되기도 전부터 비명인지 환호성인지 모를 소리를 목청껏 질렀다. 경사보다 서로의 목소리에 더 깜짝깜짝 놀랐다. 운전기사 아저씨는 우리의 비명 소리를 즐기는 듯했다. 백미러로 질겁한 우리를 보더니 한 번 씨익 웃고는 속도를 더 높였다. 몸이 양옆으로 번갈아 쏠렸다. 나는 자동차가 뒤집어질까 봐 무서웠다. 다행히도 차는 전복되지 않고 무사히 우리를 잘 인도했지만, 우리 차는 아주 아슬아슬한 상태까지 갔다 온 것은 분명했다.

차에서 내려 사막에 발을 내디뎠다. 모래가 피부에 닿는 감촉이 정말 보드라웠다. 모래를 손에 가득 움켜쥔 뒤 조금씩 손에 힘을 풀어 흘려보내면 기분이 좋았다. 사막 꼭대기로 올라갔다. 발을 디딜 때마다 발이 푹푹 모래 속으로 가라앉았다. 발을 디딘 자리에 있던 모래는 마치 파도처럼 아래쪽으로 흘러 내려갔다. 발을 내디뎌 앞으로 나아가려고 할 때마다 뒤에 있던 발이 모래를 따라 자꾸 아래로 쓸려 내려가 제자리에서 러닝 머신을 타고 있는 모양새가 되었다. 앞으로 나아가려면 발이 쓸려 내려갈 틈 없이 곧바로 다음 발을 내디뎌야만 했다. 나는 두더지가 땅굴 파듯 힘차게 모래를 걷어차며 언덕 위로 올랐다.

꼭대기에서 내려다보는 사막은 진짜라고 믿기엔 너무 그림 같았다. 모래가 바람의 방향에 따라 만들어 낸 모양은 한 치의 어긋남도 없이 매끈했다. 작렬하는 태양이 만들어 낸 사막의 그림자는 어둡고 너무나 선명해서 화가가 의도적으로 서로 다른 색연필로 명암을 넣은 것 같았다. 하늘은 구름 한 점 없이 텅 비어 있었다.

나는 모래 속에 내 몸을 묻었다. 모래는 전혀 급하지도 세지도 않게 마치 갓난아기에게 담요를 덮어 주듯 내 몸을 살포시 덮어 주었다. 포근하고 따뜻했다.

태양이 천천히 사막 아래로 자취를 감추었다. 하늘은 태양이 남

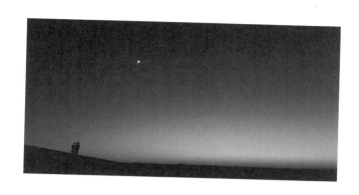

긴 노을로 붉게 물들었다. 붉은 노을 위로 연한 무지갯빛이 보였다. 태양이 차지하던 자리에 금세 달이 자리를 잡았다. 별도 하나둘씩 나타나기 시작했다.

다른 아이들의 무리에서 떨어져 언덕 아래에 홀로 앉았다. 아이들이 웃고 떠들고 흥얼거리는 소리가 영상에서 흘러나오는 소리처럼 작게 들려왔다. 나는 먼 곳을 내다보았다. 그동안 마음을 쓰던 일들과 걱정하던 일들이 이 드넓은 사막에 비하면 정말 아무것도 아닐 만큼 작다는 것을 느꼈다. 모든 것이 너무 아름답고 감사했다.

우리는 저녁으로 구운 통닭과 감자와 채소와 밥을 먹었다. 별빛과 작은 램프의 빛은 어둠 속에서 희미하게나마 서로의 얼굴을 알아볼 수 있게 해 주었다. 우리는 광활한 사막에서 우리에게 주어진 일용할 양식으로 감사히 배를 채우고, 물로 목을 축였다.

사막에서 바라본 하늘

위를 올려다보니 그새 하늘은 별들 차지가 되어 있었다. 달은 별들을 위해 자리를 비켜 준 것인지 저 멀리 언덕 아래로 내려갔다. 하늘에는 수만 개, 아니 어쩌면 수억 개의 별들이 있었다. 내 생에 이렇게 많은 별을 보는 건 처음이었다. 어떤 별들은 자신의 존재를 드러내 보이려는 것처럼 밝게 빛났고, 어떤 별들은 희미한 빛으로 수줍게 빛났다. 깜깜한 하늘에 별들로 하얗게 물든 은하수가 마치 검은 옷에 남아 있는 허연 빨랫비누 자국 같았다. 은하수를 왜 밀키 웨이milky way라고 하는지 알 것 같았다.

 별들의 빛으로 밤이 어둡지 않았다. 오히려 밤이 깊을수록 점점 더 환해졌다. 고흐의 <별이 빛나는 밤에>에 묘사된 회오리 모양의 별빛처럼 별 하나하나가 모여 어떤 두꺼운 선을 그리는 것같이 보였다. 중학교 과학 시간에 보이지도 않는 별자리 이름과 위치를 외우느라 고생한 것이 생각났다. 그때 앞 글자를 따서 겨우겨우 외웠던 별자리들이 내 머리 위에 있었다. 카시오페이아니 오리온이니. 직접 보니 이제야 모든 게 다 이해가 되는 듯했다.

이렇게 뻥 뚫린 하늘에 넓게 펼쳐진 별들을 한 장의 사진에 담아내는 건 불가능하다. 그러니 교과서 사진만으로 별들을 이해하는 것 역시 불가능한 일이다. 수많은 별을 직접 본 사람으로서 다른 학생들에게 말해 주고 싶다. 별은 교과서에 나온 그림만큼 지루하지 않다는 것을. 그것들은 훨씬 멋지고 아름답다고 말이다. 우리나라 도시에서 바라본 하늘과 이집트 사막에서 바라본 하늘은 정말 달랐다. 과연 같은 하늘이라고 할 수 있을지 의심이 들었다. 요즘 우리나라에서 별을 보기란 하늘의 별 따기만큼 어렵다. 도시의 반짝이는 불빛들도 참 예쁘지만 별들의 빛도 정말 예쁘다는 것을 알았다.

나는 민수의 강의를 들으며 별자리를 찾으려고 애썼다. 다른 사람들 눈에는 잘 보이는데 내 눈에는 안 보여서 정말 답답했다. 민수가 열 번은 손가락으로 그림을 그려 준 뒤에야 겨우 물음표 모양의 별자리를 찾아냈다. 사실 이것도 정확히 찾은 것인지는 모르겠다.

밥을 먹은 뒤 피곤해서 하늘을 보다 말고 꾸벅꾸벅 졸았다. 아이들이 "우아!" 하고 소리를 지를 때마다 깼지만 그때는 이미 별똥별이 떨어진 뒤였다. 그렇게 계속 꾸벅꾸벅 졸다가 서너 번 별똥별을 놓쳤다. 그러니까 다른 아이들은 서너 번 별똥별을 보았다는 뜻이다. 내가 "별똥별?! 어디, 어디?" 하고 물으면 아이들은 "별똥별은 이미 떨어졌어"라고 말했다. 별똥별을 보면 빌 소원을 1번부터 6번까지 정해 둬는데, 끝내 별똥별을 못 보고 잠들었다.

　달걀 한 개, 빵 한 조각, 치즈, 초콜릿이 우리의 아침이었다. 소박했지만 감사한 식사였다. 아침을 먹고 시와 사막 호텔로 돌아왔다. 호텔에 돌아와서야 내 몸에서 지독한 냄새가 난다는 것을 깨달았다. 오아시스에서 진흙을 던지며 수영을 하고, 모래에서 뒹군 뒤 씻지도, 옷을 갈아입지도 않고 그대로 잤다. 사막에 있었을 때는 사막의 경이로운 풍경에 취해 몸이 더럽다는 것을 전혀 알아차리지 못했는데 그제야 몸이 끈적끈적하다는 것을 느꼈다.

　하루 만에 샤워를 하고 침대에 누웠다. 사막도 아주 좋았지만, 역시 침대가 편하다는 걸 알았다. 멋진 사막도 하루면 족한 것 같다.

6개월간의 하반하,
막을 내리다

하반하에서 나는 나의 가장 부족한 면을 보았다. 이렇게까지 밑바닥이었던 적이 있었던가? 이렇게까지 초라한 적이 있었던가? 아니, 없었다. 중학교 때까지 타의 모범이 된 적은 있어도 폐가 된 적은 없었다. 그런데 하반하에서 나는 민폐 덩어리, 민폐 그 자체였다.

 내가 끼친 구체적인 민폐들

1. 다른 사람을 도와주지는 못할지언정 내 배낭도 잘 못 메서 내

짐을 다른 사람들에게 넘기곤 했다.

2. 느린 걸음으로 모두를 기다리게 했고, 하반하의 모든 일정을 10분 이상 지연시켰다.

3. 스포츠 게임을 할 때마다 팀의 일원으로 아무것도 못 했다. 그 정도면 다행인데 괜히 멀뚱멀뚱 서 있다가 열심히 게임을 하는 아이들에게 치명적인 장애물이 되었다.

4. 당근을 불규칙한 모양으로 썰어서 요리의 균형과 완성도를 파괴시켰다. 밥을 태워서 귀한 식자재를 낭비했고, 아이들에게 해로운 식사를 제공했다.

5. 혼 빠진 표정으로 많은 사람을 걱정시켰다.

6. 모든 활동의 강도를 제한했다. 이를 테면 '은재 때문에' 조깅을 더 짧게 하거나, '은재 때문에' 걷지 않고 특별히 버스를 타는 일 등이 비일비재했다. 나로 인해 교통비도 더 많이 들지 않았을까 한다.

학교에서는 '무슨 일을 시켜도 잘할 아이'였던 내가 하반하에서는 '뭘 시켜도 잘 못할', '불안해서 시킬 수가 없는' 그런 아이가 되었다. 나는 스포츠 팀을 뽑을 때 끝까지 '선택받지 못하는' 굴욕을 당했고, 언제나 뭘 하든 '특별 관리 대상'이 되었다. 이뿐이었으랴? 내 말 역시도 아무런 힘을 갖지 못했다. 내 행동이 나에 대한 신뢰도를 깎아내렸기 때문이다. 뭐 하나 잘하는 것 없고 언제나 비실비실해서 다른 아이들에게 폐나 끼치는 내 얘기를 누가 듣고 싶겠는가? 나는 감히 큰소리를 낼 수 없었다. 한때는 리더십, 추진력이라 불리던 내 아이디어들은 직접 행동하지는 못하면서 말만 하는 아이의 '고집' 정도가 되어 버렸다. 그러니까 나는 하반하에서 권력의 가장 밑바닥, 그야말로 피라미드의 가장 아래층이었다.

하반하에서 나 자신에 대해 성찰하고 되돌아보는 시간을 정말 많이 가졌다. 내가 어쩌다 이런 위치에 오게 되었는가 하는 고민이었다. 지난 17년간 의심조차 해 보지 않은 나 자신의 능력이 알고 보니 아주 취약하고 아무것도 아니라는 사실에 기가 막혔다. 그것은 각각의 집단이나 사회마다 중요하게 여기는 가치가 다르기 때문일 것이다. 이곳 하반하는 우리 사회와 학교가 중요하다고 이야기하는 가치, 학생들에게 기대하는 역할과는 다른 것을 중요하게 여겼다. 하반하는 공부를 열심히 잘하는 학생, 책상에 오래 앉아 있을 수 있는 무거운 엉덩이를 가진 학생을 원하지 않았다. 그 대신 무거운 짐을 너끈히 질 만큼 힘이 세고, 지치지 않고 걷고 뛰고 운동할 수 있을 만큼 체력이 좋은 학생을 원했다. 국영수보다 체육의 비중이 몇 배로 높았고 중요했다.

또 선생님이 알려 준 대로 하는 학생이 아니라 스스로 일머리를 발휘해서 일의 과정을 판단하고 해결하는 사람을 원했다. 밥 짓기, 채소 다듬고 자르기, 설거지는 특히 중요한 과목이었다. 학교에서는 선도부나 학급 임원 같은 부류가 학생들 사이에서 약간의 힘을 가진 자들인데, 이런 이들이 하반하로 말하자면 워커의 리더다. 학교에서는 보통 성적이 좋거나 모범적인 학생들이 학급 임원이 된다면 하반하에서는 밥 짓기, 반찬 만들기 능력이 출중한 아이들이 리더로 선정된다. 리더로 선정되려면 밥과 반찬 레시피를 머리로 이해하는 능력만 필요한 것이 아니다. 24인분의 재료를 장바구니에 넣고 달릴 수 있는 능력이며, 24인분의 솥과 냄비를 이리저리 나를 수 있는 능력이다. 안타깝게도 나는 그런 학생이 아니었다.

반면 다른 아이들은 훨씬 빛이 났다. 갑갑한 교실에서 병든 닭처럼 울타리를 벗어나지도 못하고, 날아오를 생각조차 못한 아이들이 이곳에서는 정말 훨훨 날아다녔다. 성적 때문에 학교에서 별로 인정받지 못한 아이들 중에 몸으로 부딪히면서 에너지와 능력을 발산하는 친구들이 많았다. 우등생과 열등생이 바뀌는 이 흥미로운 경험은 충격적이었지만 정말 소중한 깨달음을 주었다.

나는 세상에 절대적인 가치, 최고의 가치란 없다는 것, 그것은 시대와 사회에 따라, 상황에 따라 계속 변한다는 것을 배웠다. 학교에서 필요한 능력과, 여행을 위해 혹은 생활을 위해 필요한 능력은 달랐다. 그러니 학교에서 가르치는 공부를 잘하는 것, 시험을 잘 치는 것이 최고를 의미하는 것이 아니라는 사실을 알게 되었다. 여행에서의 내 모습은 내가 환경이 변하면 얼마나 나약하게 주저앉을 수 있는지를 아주 적나라하게 보여 주었다.

세상이 어떻게 변하든 조금 더 쓸모 있는 사람이 되기 위해 적어도 이 세 가지만큼은 꼭 필요하다는 것을 깨달았다.

1. 체력

2. 깨어 있는 공부

3. 함께 팀 하고픈 사람 되기

체력은 운동을 잘하기 위해서이기 이전에 건강을 위해 정말 중요하다. 나는 체력 부족으로 하고 싶은 것을 머릿속으로 상상만 해야 하는 고통을 자주 겪었다. 여행 중에 영상을 만드는 일도 하고 싶었고, 외국인 친구들을 인터뷰하는 일도 더 자주 하고 싶었지만 너무 힘이 들어서 포기하는 일이 많았다. 만화 <미생>의 명대사 '하고 싶은 게 있다면 체력부터 길러라'는 뻔한 말이라고 생각했지만 사실 인생의 깊은 교훈이 담긴 말이란 걸 새삼 느꼈다. 또 내가 빨리 지치면 나 하나를 챙기는 데에도 급급해서 주변을 돌아볼 여유가 없다. 다른 사람들에게 관심을 갖고, 도움을 주는 것도 결국은 체력이 필요한 일이다.

　학교에서 하는 공부가 학교를 벗어났을 때도 힘을 발휘하려면 '깨어 있는 공부'가 필요하다. 내가 공부한 것이 큰 역할을 하지 못한 이유는 공부를 단순히 시험을 보기 위해서 했기 때문이다. 이해도 되지 않는 이론을 암기하고 시험을 보고는 다 잊었다. 실제로 별로 가득한 사막의 밤하늘 아래에 누워 있을 때 이미 중학교 3학년 과학 시간에 배운 별자리에 관해 까맣게 잊은 지 오래였다. 스쿠버 다이빙을 배울 때 물의 밀도와 매질에 따른 소리의 전달력, 물의 깊이에 따른 압력 차 해소를 위한 이퀄라이징의 원리에 대해 설명할 수 없었다. 가지 요리를 할 때 가지의 수분을 빼려고 소금을 뿌리는 이유가 삼투압 현상을 이용하기 위해서라는 것도 몰랐다. 그렇게 열심히 역사를 외웠는데도 정작 문명의 발생지라는 이집트 박물관에서 뭘 봐야 할지 몰라 그저 서성였다. 실생활에서의 무지함을 경험하면서 주어진 공부를 생각 없이 겉핥기식으로 하는 것이 아니라 한 가지를 배우더라도 깊이 이해하고 스스로 생각을 정리하는 것이 필요하단 것을 절실히 느꼈다.

마지막으로 '함께 팀 하고픈 사람'은 머리가 좋은 사람도 기술이 좋은 사람도 아니고 자신을 아끼지 않고 힘든 일에 먼저 나서는 사람이라는 것을 깨달았다. 이를 테면 워커를 맡았을 때 하기 쉬운 물기 닦는 일만 하고 다른 아이들에게 힘든 설거지를 맡기면 아이들은 나와 같은 워커 팀을 하고 싶어 하지 않는다. 하지만 먼저 싱크대 앞에 서서 설거지를 하고 하수구에 낀 음식물 찌꺼기를 건져 내면 아이들은 나를 리더로 세워 준다. 누군가에게 쓰레기통을 비워 달라고 하지 않고 먼저 비닐을 들어 올리면, 누군가에게 물을 가져다 달라고 하지 않고 직접 물을 날라 아이들에게 따라 주면 아이들은 나를 인정하고 나와 함께하고 싶어 한다. 지시하고 말만 하는 사람이 아니라 누구보다 직접 열심히 뛰어다니는 진짜 리더가 되어야겠다고 다짐했다.

  6개월간의 여행은 잘 채워진 줄 알았던 내 안의 빈 공간을 낱낱이 들추는 시간이었다. 8월 23일, 이집트를 떠나 인천 국제공항에 도착했을 때 나는 까매진 피부 외엔 크게 달라진 것이 없어 보였지만, 그리고 다시 도착한 집이 너무나 익숙해서 6개월간의 공백이 믿기지 않았지만, 분명 내 안은 내가 이곳을 떠났을 때보다 조금 더 채워져 있었다. 힘들어 죽을 뻔한 일들과 너무나 행복한 순간의 기억들, 아이들에게 듬뿍 받은 사랑, 써니쌤과 대장님께 마르고 닳도록 들었던 잔소리, 새로운 배움들과 결심으로 말이다.
  나는 배낭을 풀며 혼자 이런 생각을 하고는 피식 웃었다.
  '아, 여행 가고 싶다!'
  뭐? 이제야? 그동안은 힘들다고 찡찡댔으면서?
  마음속 깊은 곳에서 이제는 배낭 메고 어디든 갈 수 있을 것 같은 자신감과 열정이 불끈 솟아올랐다.

대한민국   헝가리   슬로바키아   우크라이나

5부

혼자만의
하반하

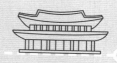

난생처음 누리는
완벽한 자유

나는 1학기 하반하 여행을 마치고 2학기 때는 혼자만의 시간을 갖기로 했다. 혼자만의 시간을 갖고 싶었던 이유가 뭐냐고? 학교라는 틀을 벗어나 하반하 세계 여행 학교에 갔지만 하반하도 어떻게 보면 큰 틀은 짜여 있는 셈이었다. 모든 것을 전적으로 내 스스로 계획해서 내 맘대로 해 보고 싶었다. 남이 정한 규칙을 따르는 것 말고 학교나 학원, 심지어 하반하에서 내 주는 과제를 하는 것 말고 말이다.

또 하나의 이유는 여행이 주는 긴장에서도 벗어나고 싶었다. 밀린 빨래 걱정, 매일 밤 일기 쓸 걱정, 이동 날 배낭 들 걱정, 새로운 숙소에 적응할 걱정 때문에 긴장하고 있는 나 자신을 무장 해제시키고 싶었다. 어쨌든 모든 긴장으로부터 자유롭고 싶어 갭 이어를 선택했기 때문에 원한다면 하반하 여행을 연장할 수 있었지만 처음 계획대로 집으로 돌아오기로 결정했다.

하지만 막상 처음부터 끝까지 아무런 틀 없이 나 스스로 하루를 계획하려니 막막하고 불안한 것도 사실이었다. 차라리 여행을 하면 이런 고민 없이 바쁜 일정 속에서 뭔가를 끊임없이 할 테니 그게 훨씬 마음이 편했을 것 같다는 생각도 들었다. 그런 생각도 잠깐, 따뜻한 물이 콸콸 쏟아지는 세면대, 비데가 설치된 변기, 늘 먹을 음식이 쟁여져 있는 냉장고, 그 한쪽에 상시 위치하고 있는 나의 당 보충용 초콜릿과 푹신푹신한 침대, 나의 베스트프렌드 푸들이(곰 인형이다)… 솔직히 너무나도 편안하고 달콤했다! 이것들이야말로 내 몸과 마음의 안식처였다. 역시 나에겐 집이 필요했다.

그토록 바라고 바라 왔던 침대에 누워 뒹굴뒹굴하고 있자니 슬슬 하고 싶은 것들이 하나둘 생각났다.

'학교 다닐 때 못 읽은 책 좀 읽고, 공부도 좀 해야겠지? 아무래도 귀한 시간 얻었으니 봉사 활동 같은 것도 하면서 시간을 의미 있게 보내야겠다!'

이 밖에도 인문학 강의 듣기, 사회 활동하기, 영화 보기, 스스로 프로젝트 기획해 보기 등 하고 싶은 게 많았다. 이것들은 내가 아주 오래전부터 묵혀 두었던 것들, 그러니까 학교 다닐 때부터 하고 싶었지만 바빠서 미뤄 왔던 것들이다. 사실 이 가운데 한두 개라도 제대로 하기 어려운 일이지만(그리고 실제로 반 정도밖에 못했지만) 이제껏 6개월간의 완벽한 자유를 가져 본 적이 없었기에 일단 꿈과 목표는 크게 잡기로 했다.

'그럼 하나씩 다 해 보지, 뭐!'

자율적 인간으로 살아가기

일단 하루를 보낼 장소는 카페 또는 도서관으로 정했다. 우리 동네에는 열 곳이 넘는 크고 작은 카페들이 있는데 학교에 다닐 때 주로 주말에 엄마와 함께 이 카페들을 투어하며 공부하곤 했다. 그때마다 '매일 카페에서 공부할 수 있다면'을 꿈꾸었다. 분위기 좋은 재즈 음악을 들으며 핫초코 혹은 밀크티 한 잔과 함께 하루를 시작하는 것. 으윽, 너무 멋지지 않은가. 나는 이 로망을 실천하기로 했다. 아침 일찍 카페에 일등으로 들어가는 손님, 인사만 해도 뭘 주문할지 아는 단골손님이 되기로. 언젠가 우리 동네 카페 가이드가 되는 것을 꿈꾸며 말이다.

도서관에 대한 로망은 희우 이모 덕분에 생겼다. 희우 이모는 다섯 살 때부터 알고 지낸 이모인데 나의 가장 나이 많은 친구라고 할 수 있다. 여행 후 희우 이모와 함께 서울 숲을 걸었을 때 희우 이모가 자신의 아지트인 국회도서관과 국립중앙도서관을 소개해 주었다. 그렇게 꼭 가야 할 목록에 도서관까지 추가되었다.

하반하에서 새벽 시간을 잘 활용하는 법을 배웠으니 일단 아침 일찍 일어나는 것으로 정하고, 저녁에는 밥을 먹고 엄마와 수다를 늘어지게 떨다가 식곤증이 몰려올 때쯤 침대에서 뒹굴뒹굴하며 서서히 잠들기로 했다. 본능에 가장 충실하도록!

주말에는 가족들과 국내 여행을 하거나 대학로에서 좋아하는 연극 혹은 뮤지컬을 보거나, 전통 시장을 구경하거나, 무스타파 딜라이트를 능가하는 디저트가 있나 맛집 탐방을 다니기로 했다.

마지막으로 바삐 학교에 다니며 학업에 열중하고 있을 가엾은 나의 친구들을 한번 초대해서 맛있는 밥을 먹으며 그들의 고충을 들어 주고, 좀 한가한 내가 그들의 소원을 한 가지씩 들어주면 좋겠다고 생각했다.

　　나의 계획은 대충 이 정도였다. 좀 듬성듬성 아니냐고? 맞다. 일단 큰 틀은 이렇게 짜고, 시간을 어떻게 배분할지, 어떤 공부를 할지, 어떤 프로젝트를 할지 이런 구체적인 것은 찬찬히 생각해 보기로 했다. 너무 꽉 찬 시간표를 만들고 싶진 않았다. 누가 불러도 바로 달려갈 수 있는 슈퍼맨 모드(?)가 되고 싶었다.

　　우아하고 여유로운 중세 부르주아 느낌, 혹은 푸석푸석한 머리에 잘 씻지는 않지만 고민을 잘 들어 줄 것 같은 푸근한 인상의 시간 많은 옥탑방 아저씨 느낌, 혹은 혼자서 이곳저곳 잘 찾아다니는 꼬마 여행자 느낌. 좀 배치되기는 하지만 이것들이 융합된 분위기이면 가장 멋질 듯했다.

　　'우아하고 여유로우면서 고민을 잘 들어 줄 것 같은 푸근한 인상을 가진 꼬마 여행자?'

　　그래, 요 정도가 나의 2학기 모토였다.

내 친구 현진이

캐나다로 유학을 가는 현진이를 위해 송별회를 했다. 현진이는 나의 12년 지기다. 현진이는 다섯 살 때 우리 집과 열흘 차이로 파주로 이사 왔고, 그때 이후로 계속 단짝 친구였다. 초등학교 때 나와 현진이, 다연이(우리 동네에 살던 또 다른 단짝)는 삼총사였고, 우리 모두는 또 우리 동네 8총사(같은 동네에 살고, 같은 초등학교에 다니는 동갑내기 친구들 모임)의 일원이었다. 휴대폰이 없어도 8총사들은 매주 토요일 아침 11시면 약속한 듯이 전부 놀이터에 모였다. 우리는

'런닝맨 놀이'를 가장 좋아했다. 이름 쓴 종이를 등에 하나씩 붙이고 동네방네 뛰어다녔다. 가끔 우리 놀이 때문에 주차된 자동차에 흠이 생길까 봐 이웃 어른들이 걱정하기도 하고, 너무 시끄럽다고 주민들이 경비실에 민원을 넣기도 했지만 우리에게 그런 것들은 중요하지 않았다. 우리는 어른들이 집으로 들어가자마자 바로 다시 놀이를 시작했다.

또 우리는 자전거 타기를 좋아했는데, 자전거는 주로 탐험을 할 때 이동 수단으로 쓰였다. 자전거를 타고 다니며 우리가 비밀 장소로 쓸 만한 공간을 찾아다녔다. 물론 비밀 장소라고 해 봤자 마당 뒤 숲이나 놀이터 구석이었지만, 그때는 그런 곳이 비밀 장소로 정말 적합하다고 생각했다. 우리는 우리만의 암호까지 설정해 암호를 아는 사람만 출입할 수 있도록 철통 보안책도 만들었다.

여름에는 워터 파크를 만들었다. 각자 집에서 가져온 쿠킹 호일과 랩을 마당 뒤 언덕에 쭉 깔고(사실 엄마들 몰래 집에서 가져온 것이었다) 그 위에 물을 뿌려 워터 슬라이드도 만들었다. 겨울에는 눈썰매장을 만들었다. 눈이 오면 눈을 판판하게 만들고 그 위에서 플라스틱 썰매를 타고 놀았다. 근처에 논을 얼려 놓은 곳이 있어서 아빠가 만든 나무 썰매를 함께 타기도 했다.

이 밖에도 우리가 했던 놀이들을 다 얘기하려면 아마 끝이 없을 것이다. 파주 시골 아이들답게 '오늘은 뭐 하고 놀까?'를 고민하며 매일같이 새로운 놀이들을 열심히 개발해 냈기 때문이다. 어쨌든 나와 현진이는 이런 어린 시절을 공유하고 있다.

힘들 때 늘 옆에 있어 준 친구

중학교에 올라가면서 우리는 이런저런 일로 많이 싸웠다. 서로 예민한 시기이기도 했거니와 학교에서 최대의 공부 라이벌이었기 때문이다. 시험 기간에는 같은 차를 타고 다니면서도 말 한마디 하지 않을 정도로 분위기가 싸했다. 그런 와중에도 언제나 내게 먼저 베풀어 준 건 현진이었다. 현진이는 공부하다가 좋은 문제집이 있으면 나에게도 알려 주었고, 자신이 구한 귀한 기출문제 자료들도 유에스비에 담아 건네주었다. 좋은 인터넷 강의를 알려 준 것도, 교과서 필기를 보여 준 것도, 마지막까지 나를 응원해 준 것도 현진이었다. 혼자만 잘하겠다는 욕심에 가득 차 좋은 것이 있어도 일절 나누지 않았던 내게 현진이의 이런 태도는 성적과 무관하게 '내가 졌음'

을 깨우쳐 주었다.

중학교 2학년 때 갈등이 최고조로 달해 거의 냉전 같은 시기를 겪다가 중학교 3학년이 되어서는 다시 사이가 많이 풀렸다. 중3이 되면서 현진이는 좋아하는 가수를 팝 가수에서 케이팝 아이돌 세븐틴으로 바꾸어서 한창 빠져 지냈다. 옷과 말투가 약간씩 다르다는 이유로 같은 공연을 두 번씩 보러 가고, 굿즈를 사려고 천막에서 줄을 선 채 밤을 지새우기도 했다. 나는 아이돌에 별로 관심이 없었던 터라 현진이의 아이돌 팬심을 완전히 이해해 주지 못했고, 그 때문에 친구 순위에서 많이 밀려난 듯했지만 신기하게도 가장 어렵고 힘든 일이 있을 때 우리는 늘 함께 있었다.

또 다른 면에서 현진이는 내게 없어서는 안 될 존재였다. 초등학교 때부터 중학교 졸업할 때까지 매일 아침마다 등교를 도와준 분이 현진이 어머니였기 때문이다. 현진이 어머니가 아니었다면 맞벌이 부모님을 둔 내가 학교에 다니는 것은 불가능했을 것이다. 현진이 어머니는 현진이 준비물이나 간식을 챙길 때 언제나 내 것까지 챙겨 주셨고, 우리 엄마가 바빠서 해 주지 못하는 부족한 것들을 항상 채워 주셨다. 현진이도, 현진이 어머니도 단순한 친구, 친구 어머

니를 넘어서 거의 은인 같은 존재였다.

그랬던 현진이가 캐나다로 간다고 하니 충격이 이만저만 아니었다. 이집트 다합에 있을 때 이 사실을 전해 듣고 가슴이 무너져 내리는 줄 알았다. 현진이가 다니던 고등학교에 한 학년 아래 후배로 다니려고 생각하고 있었는데, 이제는 그럴 수 없게 되었다. 현진이가 없는 학교에 과연 잘 적응할 수 있을지 모르겠다. 매일 붙어 다니지는 않았어도 그냥 옆 반 어딘가에 그 아이가 있다는 사실이 항상 위로가 되고 힘이 되었는데…. 이제 와서야 현진이가 내게 얼마나 소중했는지 느꼈다.

　송별회는 우리 집에서 했다. 아빠가 지난 6개월간 배운 이탈리아 요리를 직접 선보였다. 각종 파스타에 리코타 치즈 샐러드, 양파 수프, 안심스테이크까지 우리 가족은 이 요리들을 위해 오후 12시부터 거의 6시간 넘게 주방에서 준비를 했다. 계속 왔다 갔다 음식을 나르고, 정리하는 게 정신없었지만 그래도 우리 가족이 직접 만든 음식을 현진이네 가족에게 대접한다는 것이 의미 있었다.

　어쩌면 캐나다로 가기로 한 선택이 현진이에게 더 잘 맞는지도 모른다. 현진이는 자유분방하고, 한 분야에 빠지면 거기에만 깊이 파고드는 것을 좋아하기 때문이다. 현진이가 하고 싶은 것을 하며 재능을 충분히 발휘하기에 우리나라 고등학교 생활은 너무 팍팍했을 거다.

　지금은 멀리 떠나지만 내가 금세 여행을 다녀온 뒤 다시 연락하고 만났던 것처럼 현진이의 유학도 아주 잠깐의 이별이리라 생각한다.

운동광이 되다

여행에서 돌아와 엄마 직장 근처에 있는 목동 청소년 수련관에서 월수금 오전 7시부터 8시까지는 수영, 8시부터 9시까지는 헬스를 했다. 운동의 필요성과 중요성을 잊기 전에 얼른 운동을 할 수밖에 없는 체제 속으로 나를 밀어 넣은 것이다.

이름이 청소년 수련관인 만큼 건강을 챙기려는 학생들이 많이 다니리라 기대했는데, 탈의실에 들어서자마자 수련관 이름에 모순이 있다는 것을 알아차렸다. 분명 '노인 수련관' 혹은 '실버 수련관'이어야 했을 광경이었다. 수영복을 갈아입고 있는 사람들은 희끗희끗한 파마머리 할머니들이었다. 가장 젊은 사람이 40대 후반 아니, 50대쯤으로 보였다. 수영장도 마찬가지였다. 나는 청소년 풀 가운데 레인에서 수영을 했는데, 나의 양옆 레인과 어린이 풀에서 발차기 연습을 하는 사람들은 전부 할머니, 할아버지 혹은 아줌마, 아저씨였다. 청소년 수련관에 청소년인 내가 있는 것이 오히려 이상해 보였다.

꾸준히 수영을 해 온 어르신들에게 뒤지지 않으려고 열심히 수영을 했다. 괜히 뒤에 처져 눈에 띄고 싶지 않았다. 한쪽 벽에 도착하면 다른 쪽 벽을 향해 쉴 틈 없이 수영했다. 그동안 체력이 많이 늘어서인지 별로 힘들지 않았다. 이렇게 수영을 열심히 하니 오히려 눈에 더 뜨였다. 옆 레인에서 쉬엄쉬엄 수영을 하던 아줌마나 할아버지들이 어쩜 이렇게 수영을 잘하느냐며 수영하는 나를 계속 쳐다보는 것이었다. 나는 머리를 물속에 더 깊숙이 넣고, 숨도 거의 쉬지 않은 채 한 시간 내내 오로지 수영에만 집중했다.

수영이 끝나고 어르신들 킥판을 모두 걷어 정리했다. 하반하 정신이 남아 있는 상태여서 저절로 나온 무조건 반사였다. 그러고는 고개를 숙이며 수고하셨다는 인사를 함께 건넸다. 이런 행동과 인사는 어르신들의 예쁨을 사서 "우리 딸, 아주 훌륭하네", "고마워요, 아가씨" 같은 인사가 돌아왔다. 수영 첫날 여러모로 많이 당황하고 긴장했던 나는 이 말을 듣고 몸에 힘이 풀려 다리가 후들거렸다.

'하, 드디어 끝났구나.'

나는 7시 수영 팀의 구성원 한 명으로서 잘 자리 잡았다. 비록 다른 팀원들과는 나이나 몸집에서 큰 차이가 나기는 하지만, 수업할 때는 어른 한 명으로 쳐도 무색하지 않을 정도로 잘 어울리고 있다 (내 생각엔).

나는 내 옆 레인에서 수영하는 금색 수영 모자 할아버지와도 아주 친해졌다. 할아버지는 독실한 기독교인인데, 너무 열심히 전도를 하는 바람에 주변에 있는 아주머니들은 모두 할아버지를 피해 도망 다녔다. 하지만 나는 열심히 교회를 다니고 있다고 해서 친해졌다. 우리는 둘 다 수영장에 10분 정도 빨리 오기 때문에 아침마다 이런저런 얘기를 나눴다. 대개는 내가 할아버지의 말씀(충고나 응원이나 칭찬 같은 것)을 듣는다. "열심히 수영해서 수영 선수가 돼라", "아주 멋있다" 같은. 수영이 끝나면 "은재, 오늘도 네가 승리했어"라고 하신다. 이 말은 '오늘도 악마의 속삭임(아침에 수영을 나오기 싫은 마음, 즉 유혹)을 이겨 내고 승리의 길(수영 수업)을 택했다'는 뜻이다.

민승쌤이 '자전거 타기'로 다리 근력 운동을 하라고 했던 것이 기억나 헬스까지 신청했다. 자전거가 너무 커서 페달을 돌릴 때 불편했지만 그래도 15분씩 강도 5로 자전거 타기를 했다. 그러고 나서 40분간 속도 6으로 러닝 머신을 걷는다. 러닝 머신이 끝난 뒤에는 가끔 기분에 따라 근력 운동도 한다. 기분 좋은 날엔 특별히 하반하에서 돌아가면서 했던 팔굽혀 펴기, 다리 들었다 내리기 등을 한다. 이전에는 운동을 하려고 해도 뭘 어떻게 얼마나 해야 할지 몰랐는데, 요즘은 아이들 얼굴을 한 명 한 명 떠올리며 운동을 한다. 지원 형님이 했던 사이클링, 호근이가 했던 팔 굽혀 펴기, 동군이가 했던 런지…. 20번 하는 것을 기준으로 상태가 좋은 날은 25번, 30번씩도 한다. 이렇게 운동하는 모습을 보더니 한 아주머니가 학교 운동부냐고 물으셨다. 짧은 머리에 팔 굽혀 펴기 같은 것을 하니 그래 보일 법도 했다. 기분이 나쁘지 않았다.

청소년 수련관 사람들은 모두 내가 운동광인 줄 안다. 딱 하루를 제외하고는 빠진 적이 없고, 쉬지 않고 수영을 하고, 땀을 뻘뻘 흘리며 헬스를 하기 때문이다.

'저 운동광도 아니고, 운동 좋아하는 것도 아니에요. 운동 진짜 싫어하는데 해야 돼서 하는 거라고요!!'

마음속으로 이렇게 외치지만, 겉으로는 그냥 운동광 이미지를 굳히기로 했다. 이참에 진짜 운동광이 되어 보겠다는 각오로 말이다.

얕은 청소년 풀에서 수영을 하다가 10월 중순쯤 성인 풀 5번 레인으로 진급했다. 그 때문에 금색 수영 모자 할아버지와는 결별하게 되었지만, 대신 새로운 사람도 많이 만났다. 어쨌든 지금까지 남아 있는 5레인 사람들과 서로 인사도 하고, 수영의 어려움에 대한 이야기도 나누며 화기애애한 분위기 속에서 수업을 한다. 우리 반에서 나는 '깜찍이'라고 불린다. 언제부터 이렇게 되었는지는 모르겠으나, 어른들은 내 이름보다 '깜찍이'라고 부르는 걸 선호한다. 아마도 연령대가 높은 분들로 구성된 이 시간의 '청소년' 수련관 수영장에서 내가 최연소 학생이기 때문일 것이다.

이런 말을 내 입으로 하기는 그렇지만, 나는 우리 레인의 에이스이기도 하다. 정확히는 '못하는 사람들 중 그나마 제일 잘하는 사람'이라고 해야 맞겠다. '못생긴 사람 중에 내가 제일 잘생긴 것 같아'라는 케이윌의 노래 가사처럼 말이다. 일단 5레인에서 내 수영 속도는 아주 빠른 편이다. 그래서 언제나 내가 수영 선두 주자가 된다. 또 아무래도 어르신들보다는 새로운 것을 잘 배우는 편이다. "역시 다르다", 심지어 "저 체력이 어디서 나오는 건지 모르겠다"는 얘기까지 듣는다. 하반하에서의 내 과거를 아는 사람들이라면 이 글을 읽고 빵 터질 것이다. 하지만 신기하게도 그리고 감사하게도 어른들과 비교했을 때는 아직 많이 건강하다. 하지만 여기서 만족하고 기뻐하면 안 된다는 것을 안다. 이것은 결국 우리나라 어른들이 얼마나 허약한가를 보여 주는 안타까운 지표밖에 되지 않기 때문이다.

수영장에는 정말 불편한 진실들이 많다. 지금부터 내가 4개월간 직접 관찰한 진실들을 나열해 보겠다.

 수영장의 불편한 진실

1. 수영모와 수경은 아무리 다시 고쳐 써도 끊임없이 다시 흘러

내린다. 수영장 아주머니들은 한 시간 동안 적어도 네 번 이상은 모자를 다시 쓰고 안경을 닦는 것 같다. 분명 방금 전에 고쳐 썼는데 왜 다시 벗었다 썼다 하는지 나로서는 도무지 알 도리가 없다. 그 덕분에 적어도 10분 이상은 수영을 못한다. 조깅만 하면 신발 끈이 자꾸만 풀리는 것과 비슷한 현상일지도 모르겠다.

2. 수영을 못하는 사람이 수영을 못하는 다른 사람을 가르친다. 예를 들면 접영을 잘 못하는 사람이 접영을 못하는 다른 사람에게 "그건 그렇게 하는 게 아니다, 나처럼 해 봐라."라고 얘기한다. 그러면 그분은 "그런 것이었냐?"면서 정말 열심히 앞의 분의 잘못된 동작을 따라 하고 크게 감명을 받는다.

3. 수영 선생님 말을 정말 안 듣는다. 꼭 평영을 하라고 하면 자유영을 하고, 접영을 하라고 하면 평영을 하는 분들이 있다. 정말 이상한 일이다.

4. 제일 늦게 들어와서 가장 설렁설렁 수영을 한 사람이 언제나 "오늘은 왜 이렇게 수업이 빨리 끝난 거냐?"라고 묻는다.

5. 아무리 오랫동안 샤워실에 줄을 서도 내 차례는 돌아오지 않는다. 샤워실 줄은 사실 아무 역할을 못한다. 왜냐하면 아주머니

들이 길게 늘어선 사람들을 비집고 샤워실에 들어가 모든 자리를 차지하기 때문이다. 나 같은 정의롭고 힘없는 아이는 아주머니들이 빠져나가고 조금 한산해진 뒤에야 샤워를 할 수 있다.

청소년 수련관에 더 이상 나를 모르는 사람은 없다. 적어도 내가 남자가 아니라는 사실만은 이제 모두가 안다. 월수금 7시 수영 반은 저녁에 닭갈비집에서 송년회도 했다. 수영장에서 인연을 맺은 사람들과 일 년을 마무리하는 파티도 함께할 수 있다는 사실이 감격스럽고 기뻤다. 수영을 하기로 한 것은 정말 잘한 선택이었다.

한자 교실의
막내가 되어

어느 날, 양천도서관 게시판에 붙은 수많은 안내지들 속에서 용케도 양천구 평생학습관에서 하는 한자 수업을 발견했다. 마침 한자 공부를 하고 싶었는데, 딱 필요한 수업을 찾은 것이다. 대상이 '성인'이라고 적혀 있긴 했지만 어른들과 함께 수업을 들어도 문제없을 거라고 판단했다. 나는 들뜬 마음으로 수첩에 한자 수업 시간인 금요일 오전 10시~12시에 줄을 그어 놓고 금요일이 오기를 손꼽아 기다렸다.

나는 수업 시작 한 시간 전에 도서관 사무실을 찾았다.

"한자를 배우고 싶어서 그러는데, 학생도 어른들이랑 같이 수업을 들을 수 있을까요?"

난 당연히 된다고 할 줄 알았다. 학생 한 명이 더 들어간다고 해서 크게 문제가 되거나 방해가 될 건 없지 않은가. 그런데 직원의 대답은 나를 크게 상심케 했다.

"나이 많은 어른들끼리 수업하는 거라 학생이 들어가는 건 조금 어려워. 어른들 커뮤니티 분위기도 있고, 또 원래 성인들만 참가하는 게 원칙이라서…."

사오십 대, 많아 봤자 팔구십 대 아닌가? 나는 사십 대인 엄마, 오십 대인 아빠, 팔십 대인 할아버지랑 잘 어울려 지내는데. 청소년 수련관에서 아침마다 나랑 같이 수영하는 할머니, 할아버지, 아저씨, 아줌마들이 나를 얼마나 좋아하는데. 나는 몇 번이나 진짜 문제없이 잘 들을 수 있다고, 일단 한번만 들어보면 안 되겠냐고 끈질기게 부탁드렸지만, 돌아온 대답은 '안 된다', '미안하다'였다.

말도 안 되는 핑계란 생각이 들었다. 어른들이 나랑 같이 수업하는 것을 더 좋아할지 어떻게 알고 기회조차 안 준단 말인가.

도서관 열람실에서 씩씩거리며 수학 공부를 하다가 아무래도 한 자 수업 분위기가 어떤지 직접 두 눈으로 봐야겠단 생각에 교실로 찾아갔다. 다행히도 문을 열어 놓고 수업 중이었다. 어른들만의 특별한 분위기가 있다고 해서 친목 모임 같은 분위기인가 했는데, 그런 분위기는 아니었다. 그냥 모두 조용히 앞에서 강의하는 선생님을 바라보는, 익숙한 학교 수업 분위기였다.

'맨 뒷줄 남은 자리에 앉아서 같이 수업을 들으면 딱 되겠구먼.'

문 밖에서 고개만 빼꼼 내밀고 수업을 훔쳐 들어야 하는 내 처지가 너무 불쌍했다. 게다가 수업이 너무 마음에 들었다. 한자를 한 자, 한 자 자세히 설명해 주는데 이건 진짜 내게 꼭 필요한 강의라는 생각이 들었다. 거절을 당했지만 점점 더 수업을 들어야 한다는 강한 당위성이 느껴졌다.

수업이 끝나기를 기다렸다가 교실에서 나오는 선생님을 쪼르르 쫓아가 붙잡고 애원했다. 이대로 그냥 포기할 수는 없었다.

"저, 아까 수업 잠깐 엿들어 봤는데 너무 좋아요. 선생님 수업을 너무너무 듣고 싶은데, 어떻게 안 될까요?"

선생님은 내게 연락처를 알려 주었고, 도서관 측과 상의 후에 다시 연락해 준다고 했다.

그로부터 일주일이 지난 뒤에야 답을 받았다. 일주일간 연락이 도통 없어서 역시 안 되나 보다 했는데 드디어 연락이 왔다. 들어도 된다는 허락 문자였다.

문자를 받고 곧장 도서관으로 뛰어갔다. 한자 수업을 듣게 되었다는 사실로도 기뻤지만, 안 되는 것을 되게 만들었다는 생각에 더욱 뿌듯했다. 도서관 직원 분에게 들어 보니 일주일간 수차례 회의 끝에 나를 특별히 수업에 들여보내기로 결정했다고 한다. 하하하. 끈질기게 노력하는 놈은 어떻게든 된다더니, 여기서 하반하 정신이 이렇게 먹힐 줄이야.

어쨌든 그렇게 해서 아주 어렵게 한자 수업을 듣게 되었다. 내가 책상에 앉으니 어른들이 다 나를 미심쩍은 눈빛으로 쳐다봤다. 모두가 그렇듯 '학교에 왜 안 가냐?'는 게 궁금한 듯했다. 똑같은 질문에 여러 번 답하기가 싫어서 그냥 일어나서 발표하듯 내 얘기를 했다. 학교를 쉬고 여행을 다녀왔고, 지금은 하고 싶은 거 하며 자유롭게 살고 있다고. '여행'이란 단어가 나오자 사람들은 안도하는 듯했다. '문제 있는 아이는 아니구나', '학교를 안 다니고 놀러 다니는 날

라리는 아니구나'라고.

그 후엔 이런저런 질문들이 쏟아졌다. 어느 나라가 가장 좋았냐, 뭐가 좋았냐, 뭘 배웠느냐, 진짜 꿈 같은 걸 찾았느냐 등등. 이런 질문들을 받을 때면 참 답하기가 뭐하다. 배운 건 정말 많았고, 좋은 것도 많았는데 '다 좋았다', '많은 걸 배웠다' 이런 대답밖에 안 나오니. 이번에도 그렇게 여행을 안 다녀온 사람도 충분히 할 수 있는 정도의 말로 얼버무렸다.

나와 내 여행에 대한 얘기가 나오면서 어른들(두세 명을 제외하고 50~70대라고 보면 된다)은 교육에 대한 이야기를 시작했다. '애 키우는 게 맘 같지 않다', '은재처럼 여행도 보내고 하면서 자유롭게 키워야 하는데 그런 선택을 하는 게 참 어렵더라', '내 애들이 이미 다 커서 성인이 되었으니 손주들이라도 잘 키워야겠다' 하는 식의 이야기. 그러다 내 앞에 앉은, 나이 지긋하고 점잖아 보이는 할아버지가 명언을 하셨다.

"교육을 안 하는 게 교육을 하는 거야."

맞는 말씀이다. 교육을 하려고 마음을 먹으면 대개 과잉 집착을 하거나 기대를 하게 되니까. 아마도 이 말은 할아버지의 30년 이상 부모 경험 끝에 나온 진실된 해답일 것이다. 할아버지는 또 이렇게 말씀하셨다.

"얼음이 꽝꽝 얼어 있을 때는 먹기가 어렵듯이, 아이들도 꽝꽝 얼어 있는 상태에서는 어떻게 할 수가 없어. 스스로 녹을 때까지 기다려 줘야지."

스스로 필요해서 하는 공부

두 시간이 후딱 지나갔다. 어른들과 공부하니 수업을 방해하는 사람도 없고, 자기가 하고 싶어서 공부를 하는 것이라 모두 열공 모드다. 할머니, 할아버지의 얘기는 때로는 귀엽고, 때로는 아주 옳은 소리여서 재미있고 유익하다. 게다가 할머니, 할아버지의 이해 속도에 맞춘 빠르지 않은 수업은 내 이해 속도와도 맞아서 따라가기가 좋았다.

한자 수업에서 우리는 한자의 '부수'를 먼저 배우고 부수로 한자를 한 자 한 자 해석했다. 그렇게 하니 한자마다 이야기가 생겼다. 예를 들면 '기를 양養' 자는 양에게 밥을 먹여서 '기른다'는 뜻이고, '기를 육育' 자는 자녀를 큰 사람으로 '기른다'는 뜻이어서 '양육'은

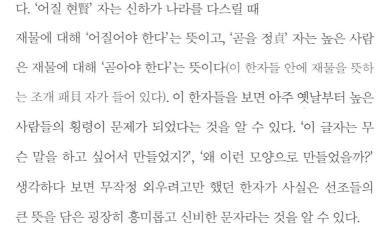

한자반 선생님들! 우리 한자를 어서 끝내 버립시다!!

밥을 먹이는 것뿐만 아니라 자녀의
됨됨이를 잘 길러 주는 것까지 포함한
다. '어질 현賢' 자는 신하가 나라를 다스릴 때
재물에 대해 '어질어야 한다'는 뜻이고, '곧을 정貞' 자는 높은 사람
은 재물에 대해 '곧아야 한다'는 뜻이다(이 한자들 안에 재물을 뜻하
는 조개 패貝 자가 들어 있다). 이 한자들을 보면 아주 옛날부터 높은
사람들의 횡령이 문제가 되었다는 것을 알 수 있다. '이 글자는 무
슨 말을 하고 싶어서 만들었지?', '왜 이런 모양으로 만들었을까?'
생각하다 보면 무작정 외우려고만 했던 한자가 사실은 선조들의
큰 뜻을 담은 굉장히 흥미롭고 신비한 문자라는 것을 알 수 있다.

아마 한자 반에서 지각, 결석을 한 번도 하지 않은 사람은 내가
유일할 것이다. 원래 목표는 2급 한자 2,000자 중 절반을 외우는 것
이었는데, 아쉽게도 매주 25자씩 외워서 500자 정도밖에 외우지
못했다. 그래도 눈 목目과 해 일日도 구분 못 하던 내가 웬만한 중

국집 이름 한두 글자 정도는 읽을 수 있게 되었으니, 이것은 장족의 발전이다. 초등학교 때는 아침마다 하는 한자 수업을 듣기가 너무 싫어서 항상 일부러 10분씩 늦게 등교하곤 했다. 그때는 한자를 배울 필요성과 흥미를 못 느꼈다. 그런데 시간이 지나 스스로 필요하다고 느낄 때 다시 한자 공부를 하니 정말 재미있고, 열심히 하게 된다.

한자 공부를 하며 알게 된 사실이 있다면 언어는 경직되지 않은 자세로 편안하게 공부할수록 더 재미있다는 점이다. 어렵고 복잡하고 공부해야 할 것으로만 생각하면 짜증이 나고 머리가 아프지만, 부담 없이 재미있다고 생각하면 암호 해독을 하는 특별 수사대가 된 기분이다. 다른 사람은 모르는 것을 나 혼자만 이해할 수 있다는 데에서 쾌감을 느낀다. 가끔은 내가 직접 새로운 문자를 만들어 봐야겠다는 생각이 불끈 들기도 한다. 물론 생각으로 그치긴 하지만.

아주 특별한 하루

생일은 나에게 정말 중요한 날이다. 나는 어렸을 때부터 언제나 생일을 의식하며 살았다. 그게 무슨 말이냐 하면 여름이든 겨울이든, 생일이 열 달 남았든 세 달 남았든 언제나 '10월 8일' 내 생일을 떠올렸다는 말이다. '일 년 남았군', '석 달 남았군', '2주 남았군' 이렇게. 적어도 2주 전부터는 생일 세리머니를 어떻게 할지 계획했고, 모두에게 곧 있을 내 생일을 알리고 다녔다.

초등학교 6학년 때까지 생일 파티 초대장을 친구들에게 돌리며 꼭 생일 파티 행사를 치렀다. 중학교에 올라가서는 생일이 거의 시험과 겹치거나 시험 직후여서 시험 기간에 언제나 '미역죽'을 먹었다. 처음에는 남들처럼 시험에 미끄러지는 게 아닌가 하고 걱정했지만, 미역죽을 먹고 시험을 잘 본 뒤부터는 일부러라도 꼭 미역죽을 찾았다. 그리하여 생일을 끼고 일주일간 미역죽을 먹는 것이 일종의 문화가 되었고, 그 주는 '은탄절' 주간이 되었다. 바빠서 친구들과 생일 파티는 못할지언정 꼭 가족과는 '은탄절' 주간 동안 생일을 축하했다. 주로 케이크에 초를 꽂고 생일 노래를 부르는 세리머니를 세 번 이상 했다. 그렇다고 대단한 생일 선물을 바라거나 요구했던 것은 아니다. 단지 생일을 축하하는 그 시간을 좋아했고 스스로 그런 시간을 최대한 많이 만들어 냈을 뿐이다.

나는 생일이 정말 특별하다고 믿는다. 사실 그렇게 믿고 싶고, 그렇게 만들기 위해 노력한다. 평범한 일상 속에 내 이름이 붙여진 하루가 있다면 그 하루는 최대한 나를 위해, 이왕이면 더 특별하게 보내는 게 좋지 않은가. 다른 때에는 시간이 없어서, 돈이 없어서 못했던 것들, 다른 사람에게 양보했던 것들을 이날만큼은 오직 나만을 위해 어떤 것도 아끼지 않고 하는 것이다. '생일'이 각자에게 적어도 일 년 중 한 번은 숨 쉴 구멍을 선사하고, 그 시간을 더 사랑할수록 나 자신에게 더 큰 여유와 즐거움과 행복을 준다고 생각한다. 누군가는 생일을 스스로 너무 과하게 챙기는 게 아니냐 할지 모르지만, 17년간 생일에 대해 가져 온 내 지론은 이렇다.

이번 생일 역시 그냥 흘려보내고 싶지 않아 굉장히 많이 고민했다. 고민 끝에 혼자만의 여정을 떠나기로 했다. 멀지 않은 '국회도서관'으로. 책을 읽기에도, 공부를 하기에도, 산책을 하기에도 좋다는 희우 이모의 추천에 이곳이 바로 내 생일을 축하하기에 알맞은 장소란 생각이 들었다.

생일날 아침, 오전 10시쯤 수영과 헬스를 끝내고 지하철을 타고 국회도서관으로 향했다. 9호선 국회의사당역에서 내리니 1번 출구 바로 건너편에 국회 건물이 있었다.

처음에 이곳에 발을 들였을 때 솔직히 위축되었다. 이런 웅장한 건물에는 왠지 국회 의원들만 들어갈 수 있을 것 같은 느낌이 들었기 때문이다. 그러다 어린아이가 있는 한 가족이 당당하게 도서관 안으로 들어가는 것을 보고 용기를 내어 따라 들어갔다.

미리 국회도서관 사이트에서 회원 가입을 하고, 청소년 신청서도 챙겨 간 덕분에 비교적 쉽게 열람증을 받을 수 있었다. 필요한 물건만 투명 가방에 넣고 들고 간 가방은 보관함에 넣은 뒤 진짜 안으로 들어갔다. 1층부터 5층까지 30개가 넘는 사무실과 열람실이 있었다. 하지만 '청소년 자료실' 같은 것은 없었다. 의회정보 실장실, 경제산업조사 실장실 등 순 낯설고 어려운 이름으로 된 곳들뿐이었다.

나는 엘리베이터를 타고 오르락내리락 거의 30분간 방황하다가 그나마 이름이 익숙한 '인문사회과학 자료실'로 들어갔다. 이제야 좀 익숙한 서가와 익숙한 책들이 보였다. 신간 도서들 중에서 『아몬드』라는 소설을 꺼내 들었다. 이 책은 제목만으로도 아몬드 애호가인 나를 끌어들이기 충분했다. 마침 추천을 받은 책이기도 해서 망설임이 없이 이 책을 읽었다. 이 책은 편도체가 작아 감정을 못 느끼는 '감정 불능증' 소년이 사람들과 관계를 맺으며 점차 감정을 알아 가는 이야기다. 스토리 전개는 조금 뻔했지만, 생일날 읽기에 무겁지 않고 따뜻한 소설이었다.

구내식당에서 4,800원으로 식권을 사서 점심을 먹었다. 그런 뒤에는 국회도서관 앞 산책로를 걸었다. 오후 4시까지 도서관 이곳저

매일매일이 소중한 하루가 되게 해 주세요. 하나님, 앞으로도 잘 부탁드립니다.

곳을 배회하며 책을 읽었다. 자신감이 생겨서 인문사회과학 자료실을 나와 다른 열람실도 구경했다.

여행하듯 공부하기

갭 이어 2학기 나의 목표는 '여행하듯 공부하자'이다. 어둡고 침침한 독서실 한 칸에 처박혀 문제집을 푸는 게 아니라 도서관에도 가고, 카페에도 가도, 거리를 거닐고, 책도 읽고, 영화도 보고, 글도 쓰고, 강의도 듣는 것. 그리고 오고 가는 길과 내가 머무는 공간 속에서도 즐거움과 배움을 찾는 것. 그런 의미에서 오늘 국회도서관으로의 나의 여정은 아주 성공적이었다.

　이날 꽤 많은 생일 축하 메시지들을 받았다. 학교를 안 다녀서 축하를 받는 것에 대한 기대가 없었는데, 정말 고맙게도 아침 일찍부터 나를 기억해 준 사람들이 있었다. 생일날 이런 축하를 받을 때면 언제나 후회와 다짐을 한다. '나도 좀 잘 챙겨 줄걸' 하고 말이다. 앞으로는 다른 친구들 생일 잘 챙겨 줘야겠다. 짤막한 '생일 축하해' 한마디인데도 어찌나 기분 좋고 감사한지 모른다. 내 생일만큼이나 다른 친구들의 생일도 그 아이들에게 특별할 수 있도록 열심히 챙겨야겠다.

인문학 수업이
가르쳐 준 것

갭 이어 2학기에는 매주 일요일마다 교육 공동체 '나다'에 가서 인문학 수업을 들었다. '나다'는 지난겨울, 학교를 1년 쉬기로 하면서 찾은 공간이다.

나다에 다니면서 사회를 보는 새로운 시각을 갖게 되었다. 처음 들은 수업은 청소년 인권과 관련된 것이었다. 학생이 학생이라는 이유로 얼마나 억압을 받고 부당한 대우를 받는지에 대한 이야기였다. 사실 나는 중학교 때까지만 해도 무조건 아이들을 규제하고,

규칙에 따르게 해야 한다고 생각한 사람이었다. 아이들이 왜 교복을 입지 않는지, 왜 하지 말라는 화장을 하는지, 왜 몰래 담배를 피우고, 왜 수업에 집중을 못 하는지 전혀 이해하지 못했다. 당연히 아이들 개인 문제라고 생각했다. 학생 입장을 대변해야 하는 자리에 있을 때도 선생님이 원하는 것을 아이들에게 끼워 맞추려고 했다.

하지만 그것이 얼마나 어리석은 일이었는지 나다에서 깨달았다. 아이들의 행동은 이상한 것도, 잘못된 것도 아니었다. 교복은 그저 어른들이 아이들을 통제하기 위한 하나의 수단일 뿐이다. 교복을 입으면 그 신분에 맞게 행동하게 되기 때문이다. 아이들이 굳이 술과 담배를 하려고 하는 것은 어른들이 아이들을 과도하게 억제하기 때문이기도 하다. 그에 대한 반항으로 나오는 결과일 수 있다.

내가 옳다고 믿던 규칙에 문제가 있다는 것을 뒤늦게 깨달았다. 그 규칙들은 토론의 주제에 오르지도 못한 채 학생들의 모든 것을 규제하고 있었다. 인문학 강의를 들으며 문제의 근본 원인이 무엇인지 깊게 들여다보는 것이 얼마나 중요한 일인지 알게 되었다. 그렇지 않고 현재 상황만 보고 통제하고 덮으려고 하면 누군가에게 큰 상처를 줄 수 있다는 것도 말이다. 나다에서 배우는 것들은 일상

생활에서 내가 생각하고 판단하는 기준을 만들어 주고 있다.

나는 나다가 편해서 좋다. 아무도 나를 평가하지 않고, 꼭 질문에 답해야 하는 것도 아니며, 잘해야 한다는 부담이라든지 경쟁 같은 것도 없다. 나다에서는 지각을 해도 된다. 내가 5분 늦었다고 해서 1점을 깎거나 나무라는 사람이 없다. 하루는 날씨가 너무 좋아서 놀러 나가고 싶다는 이유로 수업을 빠졌는데 그때 '슈'가 나를 도리어 칭찬해 주었다. 좋은 생각이라고, 잘 놀다 오라고 말이다. 나다에서 수업을 하는 슈는 마흔 살 넘은 선생님인데, 선생님이라는 호칭을 싫어한다. 존댓말보다 반말로 친근하게 지내는 것을 더 좋아한다. 나다에서는 나이가 별로 중요하지 않다.

나다에서 가장 많이 받는 질문은 '한 주를 어떻게 보냈는지'다. 요즘 재미있는 일이 있는지, 심심하진 않은지 물어보고, 언제든 놀러 오라고 한다. 슈는 내게 꼭 학교에 가지 않아도 된다고 말해 주었다. 실제로 나다에는 학교에 다니지 않는 청소년들이 많다. 대안 학교에 다니는 아이들도 있고, 학교를 나와 자유로운 삶을 사는 아이들도 있다. 나다에 있으면 다시 학교에 가든 안 가든, 앞으로 어떤 삶을 택하든 괜찮다는 생각이 든다. '나다'는 참 좋은 공간이다.

다시 학교로
갈 수 있을까?

학교를 쉬기 전에는 정해진 틀 안에서 주어진 일을 열심 성실히 해나가는 것이 내게 잘 맞는다고 생각했다. 학교에서 아무런 문제없이 잘 지냈고, 학교생활도 만족스러웠으니까.

  하지만 갭 이어를 보내면서 스스로 자유롭게 시간을 계획하고 사용하는 것이 얼마나 큰 행복인지 알게 되었다. 원하는 시간에 일어날 수 있는 자유, 시험에서 벗어나 하고 싶은 공부를 맘껏 할 수 있는 자유, 오전에 학교 밖을 맘대로 돌아다닐 수 있는 자유, 감시 받지 않을 자유, 경쟁하지 않을 자유 등. 이 달콤한 자유를 열일곱 살 나이에 이미 알아 버렸다. 이렇게 살아도 큰 문제가 없다는 것과 과도한 경쟁과 숨 막히는 일정에 내 신경이 날카로워질 필요가 없다는 것을 알고 나니 학교에 다시 가야 하나 고민이 되었다.

고입 원서 제출을 두 달쯤 앞두고부터 우리나라 교육에 대한 관심이 늘었다. 중학교 1학년 때 동아리 숙제로 읽었던 『우리도 행복할 수 있을까』라는 책을 다시 펼쳐 봤다. 그때는 크게 관심 없었던 행복 지수 1위 덴마크 얘기가 지금은 너무 부럽고 간절한 마음으로 읽혔다.

교육열이 치열한 편도 아닌 파주에서도 산더미 같은 수행 평가와 과제를 따라가는 것이 벅찼다. 10시에 학원이 끝나면 쉴 시간 없이 학원 숙제하랴 학교 과제하랴 바빴고, 침대보단 책상에 엎드려 안경을 쓰고 잠드는 날이 더 많았다. 그렇게 하루를 보내도 학교에서 학원에서 언제나 더 잘하는 친구들에게 뒤처지는 느낌이 들어서 마음이 불안했다. 우리나라에서는 학원에 다닐 형편이 안 되거나 공부에 흥미가 없는 아이들은 학교 수업을 따라 가지 못하고, 그렇게 한번 뒤처지면 다시 따라가기가 정말 어렵다. 하지만 선생님들은 진도를 나가야 하고 시험을 봐야 해서, 다른 친구들은 자기 공부를 하느라 바빠서 이 아이들을 도와주지 못한다.

내가 다닌 중학교에서도 수업에 참여하는 학생은 교실의 3분의 1도 안 되었다. 수업과 학교의 모든 활동은 극소수의 학생들을 위한 것이었다. 그런데 덴마크나 핀란드 같은 북유럽 국가들에서는 학생들이 수준별로 선생님의 지도를 받을 수 있어서 학원에 다니지 않고도 학업을 따라갈 수 있다고 한다. 잘하는 학생과 못하는 학생을 서로 다른 반에 배정하는 것이 아니라 한 반에서 서로 도움을 주며 공부할 수 있게끔 하고 성적에 상관없이 모든 학생들이 인정받는다고 한다. 무엇보다도 덴마크 학생들은 자신들의 입으로 학교에 다니는 것이, 그리고 삶이 '행복하다'고 말한다.

왜 우리는 동시대에 살면서도 이렇게 다른 환경에서 공부해야 할까? 생각할수록 억울하다. 내가 학교에 돌아간다고 하면 사람들은 모두 '이제부터 고생 시작'이라며 '눈 딱 감고 3년만 버티라'고 말한다. 인생에서 3년쯤은 주말 없이 방학 없이 하루 종일 학업에 치여 잠 좀 못 자고, 밥 좀 못 먹고 고생해도 되는 걸까? 눈 뜨고도 즐겁게 다닐 수 있는 학교생활은 불가능한 걸까?

시끌시끌한 교실이 그립다

나는 동네 일반 고등학교에 진학하기로 했다. 그렇게 숨 막히고 힘들다는 학교에 왜 다시 가느냐고 묻는다면 가장 큰 이유는 계속 학교에 안 다닐 자신이 없어서라고 하겠다. 물론 검정고시를 봐도 되고 대학이 성장의 필수 과정은 아니라는 것도 안다. 하지만 내가 느끼기에 학력은 아직까지 사회에서 사람을 평가하는 데 큰 비중을 차지하고 있다. 학교를 그만두고 입시 거부 운동을 하는 학생들에 비하면 나는 비겁한 사람일지도 모르겠다. 그럼에도 학교에서 내가 할 수 있는 일을 찾아보겠다는 한 줄기 희망을 가지고 고등학교에 입학하기로 했다. 물론 학교를 다니다가 아니다 싶으면 자퇴할 생각도 있다. 이제 내게 학교는 머스트must나 슈드should는 아니다.

학교에 가는 또 다른 이유는 학교의 시끌벅적한 분위기와 쉴 새 없이 떠드는 친구들이 조금씩 그리워지고 있기 때문이다. 혼자 조용한 카페나 도서관에만 있다 보니 예전에는 지긋지긋하고 머리를 깨지게 할 것 같던 소음들이 고픈가 보다. 1년 전에는 생각만 해도 깜깜하게만 느껴지던 고등학교 생활이 요즘은 조금 기대되고 설레기도 한다.

입학을 앞두고 다짐이 있다면 '나누는 사람 되기'다. 나에겐 상대방을 과도하게 경계하는 경향이 있는데 올해는 그것을 극복해 보고 싶다. 경쟁해야 하는 상황에서도 좋은 것은 먼저 나눌 수 있는 사람이 되자고 굳게 마음먹었다. 같이 공부해서 좋은 이유가 힘든 것과 좋은 것을 둘 다 나눌 수 있어서가 아니겠는가. 나도 그 덕을 볼 수 있으면 좋겠다.

　　3년만 버티라는 말과 더불어 요즘 가장 듣기 싫은 말은 '앞으로 이렇게 좋은 시간이 없다'는 말이다. 앞으로 내가 살아갈 날이 80년 이상 남았는데, 남은 삶 중에 다시는 이렇게 자유와 평안을 누릴 날이 없다는 얘기인가? 이런 시간이 더 이상 없다는 말만큼 내게 절망적인 말은 없을 것이다. 이런 쉼과 여유의 시간이 머지않아 또 올 것이라고 믿는다. 그런 시간을 내가 만들 것이다. 모두가 학교에 다니는 시기에 틈을 내어 시간을 가졌듯이 말이다.

에필로그 내게 일어난 아주 작은 변화들

일 년 사이에 내가 완전히 다른 사람이 되었을 리 없다. 여전히 우유부단하고 소심한 것을 보면 일 년 전 모습 그대로다. 갑자기 엄청난 깨달음을 얻게 되었다든지 지대한 꿈을 품게 되었다든지 그런 일은 내게 일어나지 않았다. 하지만 아주 작은 변화들은 있었다.

먼저 책과 많이 친해졌다. 나는 원래 책 읽기를 좋아하는 사람이 아니었다. 한글을 늦게 깨쳐서인지 초등학교 때까지 책과 벽을 쌓고 지냈다. 동화책 읽기도 버거워하던 내가 중학교에 입학해 갑자기 두꺼운 책을 읽으려니 거부감은 배가 될 수밖에 없었다. 읽는 속도가 느려서 중간에 읽기를 그만두는 경우가 대부분이었고, 학교에서 '독서' 얘기만 나와도 움츠러들고 생각하기도 싫었다. 갭 이어를 하며 '책에 대한 두려움 없애기'는 이루고 싶은 목표 중 하나였다. 시간에 치여 대충 읽고 마는 것이 아니라 넉넉히 시간을 갖고 내 속도에 맞게 천천히 책을 완독하는 것. 일 년 동안 목표한 약 50권의 책을 읽었다. 다독을 하는 친구들에 비하면 많지는 않지만 책을 두려워하던 나에게는 큰 변화다. 실제로 독서에 대한 자신감이 생겼고 글을 대하는 자세가 전보다 훨씬 더 유연해졌다. 무엇보다도 요즘 책 읽기가 정말로 재미있다. 이건 숙제로 책을 읽는 것이 아니라 원하는 책을 부담 없이 읽을 수 있어서인지도 모르겠다. 어쨌든 항상 적으로 두던 책과 가까워졌다는 것은 내게 큰 의미가 있다.

글쓰기에 대한 부담 역시 많이 줄었다. 이렇게 글을 쓰는 것을 보면 사람들은 내가 글쓰기를 좋아하는 줄 안다. 하지만 그건 모르는 소리다. 사실 1년 전까지만 해도 글쓰기를 무척 싫어했다. 학교에서 글쓰기 숙제가 나오면 몇 날 며칠을 울고불고하며 겨우 글을 써냈다. 지금 생각해 보면 글쓰기를 싫어한 이유가 알지도 못하는 것을 장황하게 늘어놓아야 했기 때문이었던 것 같다. 이전에는 한 번도 내 생각을 맘 놓고 적어 본 적이 없었다. 몰라도 아는 척하며 썼고, 마음이 가지 않는 장래 희망이더라도 이야기를 만들어 최대한 그럴 듯하게 보이게 했다. 솔직하게 쓰면 좋은 평가를 못 받을까 봐 걱정이 되었다. 그런데 하반하 여행 중에 내 생각을 솔직하게 적은 일주일 보고서를 읽고 여러 사람들이 내 생각을 있는 그대로 격려해 주고 응원해 준 덕분에 글쓰기에 대해 자신감을 많이 얻었다. 지금 생각하고 느끼는 그대로 솔직하게 드러내 보이는 것도 괜찮다는 것을 알게 되었다. 그뿐만 아니라 가끔씩 힘들고 어려울 때 이렇게 글을 쓰면 주변 사람들의 공감도 받고 위로와 격려도 받을 수 있다는 것을 알았다. 이제 글 쓰는 일이 마구 수다 떠는 일만큼 편하고 좋다.

또한 나는 이번 기회에 깊이 있는 공부에 필요한 자세를 알게 되었다. 갭 이어 2학기에 틈틈이 공부하는 시간을 가졌다. 학교와 학업으로부터 벗어나 자유를 찾는 시간인데 무슨 공부냐고? 그렇게 생각할 수도 있겠다. 하지만 사실 이것도 내가 꼭 해 보고 싶은 것 중 하나였다. 어떤 것에도 방해 받지 않고 맘껏 공부해 보기. 그동안은 학교와 학원을 따라가느라 원하는 공부를 해 볼 시간이 없었다. 불안한 마음에 학원을 끊지 못하고 빠른 학원 진도에 맞춰 어영부영 공부할 수밖에 없었고, 더 궁금한 것이 있어도 넘어갈 수밖에 없었다.

가장 잘하고 싶지만 가장 자신 없던 수학을 혼자 천천히 다시 공부했다. 다시 공부해 보니 예전에는 굉장히 어렵다고 느끼던 수학이 못할 만큼 어려운 것은 아니라는 사실을 알게 되었다. 이전에는 '시간만 있으면' 뭐든 완벽하게 할 수 있을 것이라 생각했지만, 사실 질은 시간에 비례하는 것이 아니라는 사실도 깨달았다. 깊이 있는 공부를 위해서는 문제를 대하는 태도, 즉 해치워 버리겠다는 자세가 아니라 어떻게 하면 더 잘 해결할 수 있을까 하는 탐구적인 자세를 갖는 것이 가장 중요하다는 것을 말이다. '정성'을 다하는 만큼 관계가 돈독해진다는 말은 인간관계뿐만 아니라 공부에서도 마찬가지인 듯하다.

나는 스스로에 대해 조금 더 자세히 알게 되었다. "난 언제 가장 행복할까?" 나 자신에게 질문해 보았다. "달콤한 음식을 먹을 때."

혼자 이렇게 답을 내놓고는 웃었다. 그동안은 '누군가를 도울 때', '다른 사람들의 얘기를 들어 줄 때', '불의에 맞서 싸울 때' 같은 그럴싸한 답이었는데, 지금 내 머릿속에서 '터키시 딜라이트'를 먹던 순간이 가장 먼저 떠올랐기 때문이다.

내 얘기를 들은 엄마는 "그게 진정으로 너를 행복하게 한다면 음식과 관련된 일을 해 보는 건 어떠냐?"고 제안하셨다. 중학교 때부터 '인권 변호사'란 꿈을 갖고 있었는데 갑자기 음식과 관련된 일이라고? 당황스러우면서도 한편으로 솔깃하다. 디저트가 63빌딩만큼 쌓여 아무리 세게 내 등을 짓누른다 하더라도 행복할 것이고, 디저트를 직접 만드는 기술자가 되지는 않더라도 그것과 관련된 일을 하라면 그게 뭐든 들뜨고 신날 것 같다는 생각이 들었다. 그래서 요즘은 음식의 역사를 공부해 보고 싶다는 생각도 하고 있다.

얼마 전 『18세기의 맛』이라는 책을 통해 알게 된 음식 인문학자 주영하

교수님이 한 텔레비전 프로그램에서 강연하는 것을 봤다. 그때 '이런 일을 할 수도 있구나' 싶었다. 먹는 것을 좋아한다는 단순한 이유로 음식 인문학자를 꿈꾼다면 사람들이 비웃을지도 모르겠다. 하지만 사회에서의 위상이나 인정하는 정도를 기준으로 너무나 뻔하게 장래 희망 상위권을 차지하는 직업군에서 벗어나 내 몸과 마음이 본능적으로 반응하는 직업을 생각해 본 것만으로도 신선한 쾌감을 느꼈다.

꼭 직업을 찾는 일로 확장되지 못하더라도 나를 행복하게 만드는 법을 알게 된 것으로 충분히 만족스럽다. 달콤한 음식을 먹을 때와 더불어 도시 야경을 구경할 때, 해 질 녘이나 완전히 깜깜해지기 전 하늘색이 감청색일 즈음 바닷길을 걸을 때, 사막의 모래에서 발가락을 꼼지락거릴 때 행복하고 기분이 좋다는 것을 발견했으니, 이제 힘들고 지칠 때 이것들 가까이로 가서 에너지를 충전하면 된다.

지난 1년만큼 내가 순한 양이었던 적은 없던 것 같다. 아마도 그건 여유 덕분이었을 것이다. 너도나도 먼저 샤워하겠다고 밀치고 들어갈 때도 서두를 필요가 없어서 묵묵히 자리가 날 때까지 기다릴 수 있었고, 10초 남은 초록 신호등을 보고서도 허둥지둥 달리지 않고 느긋하게 걸어가 다음 신호등을 기다릴 수 있었다. 아침에 한두 시간 늦게 일어나더라도 소리 지를 필요 없이 '오늘은 조금 늦게 일어났군' 하고 있는 그대로 받아들일 수 있었고, 감기는 눈을 억지로 부릅뜨려고 뺨을 때릴 필요도 없었다. 숙제를 못한 채 잠들어 버렸다고 멘붕이 되어 신경질을 버럭 내지 않아도 되었고, 죄책감 없이 자고 싶을 때 잠자리에 들 수도 있었다. 시험을 앞두고 초조하고 불안해서 밥을 못 먹거나 체할 일도 없었다.

근심 걱정이 없으니 밥이 쑥쑥 잘만 넘어갔다. 길을 걸을 때 단어라도 외워야 하나 하는 의무감에 눌리지 않아도 되었고, 덕분에 파아란 하늘과 주변 풍경을 충분히 만끽하며 걸을 수 있었다. 그뿐만 아니라 매일 오전 10시쯤 미화원 아저씨가 청소년 수련관 앞을 청소한다는 사실과 챙 있는 모자를 쓴 아주머니가 사은품을 들고 아파트 부동산을 광고하러 다닌다는 사실 또한 꾸준한 관찰을 통해 알게 되었다.

한발 물러서면 더 많은 것을 볼 수 있다는 말이 이런 걸까? 예전엔 내 인생의 전부 같고, 못하면 큰일 날 것 같이 느껴졌던 학교생활, 공부, 성적 같은 것들도 요즘은 정말 아무것도 아니게 느껴진다. 작은 울타리 속에서 아등바등했을 뿐이다.

내가 1년간 뭘 했고, 뭘 느꼈고와 상관없이 이 시간은 내게 참 좋은 시간이었다. 버티지 않아도 유유히 하루를 보낼 수 있어 건강하고 행복했다. 이 시간은 내게 꼭 필요했던 시간이었던 것 같다.

나의 한 글자 04 쉼

딱 일 년만 놀겠습니다

초판 1쇄 발행 2019년 6월 27일
초판 4쇄 발행 2022년 9월 20일

지은이 이은재
펴낸이 이수미
편집 김연희
북 디자인 박진희
마케팅 김영란
종이 세종페이퍼 **인쇄** 두성피엔엘 **유통** 신영북스

펴낸곳 나무를 심는 사람들
출판신고 2013년 1월 7일 제2013-000004호
주소 서울시 용산구 서빙고로 35 103동 804호
전화 02-3141-2233 **팩스** 02-3141-2257
이메일 nasimsabooks@naver.com
블로그 blog.naver.com/nasimsabooks

ⓒ 이은재, 2019
ISBN 979-11-86361-97-9 44080
ISBN 979-11-86361-59-7(세트)